叶圣陶散文

叶圣陶 著
杨国明 编
李 伟 绘

中国出版集团
東方出版中心

图书在版编目（CIP）数据

叶圣陶散文 / 叶圣陶著. —上海：东方出版中心，2020.3
ISBN 978-7-5473-1594-1

Ⅰ. ①叶… Ⅱ. ①叶… Ⅲ. ①散文集–中国–现代
Ⅳ. ①I266

中国版本图书馆CIP数据核字（2020）第025903号

叶圣陶散文

著　　者　叶圣陶
编　　者　杨国明
插　　画　李　伟
责任编辑　费多芬
封面设计　钟　颖

出版发行　东方出版中心
地　　址　上海市仙霞路345号
邮政编码　200336
电　　话　021- 62417400
印 刷 者　山东鸿君杰文化发展有限公司

开　　本　890mm×1240mm　1/32
印　　张　5.75
插　　页　4
字　　数　108千字
版　　次　2020年3月第1版
印　　次　2020年3月第1次印刷
定　　价　18.00元

目 录

生　活

乡镇上有一种“来扇馆”，就是茶馆，客人来了，才把炉子里的火扇旺，炖开了水冲茶，所以得了这个名称。每天上午九十点钟的时候，“来扇馆”却名不副实了，急急忙忙扇炉子还嫌来不及应付，哪里有客来才扇那么清闲？原来这个时候，镇上称为某爷某爷的先生们睡得酣足了，醒了，从床上爬起来，一手扣着衣扣，一手托着水烟袋，就光降①到“来扇馆”里。泥土地上点缀着浓黄的痰，露筋的桌子上满缀着油腻和糕饼的细屑；苍蝇时飞时止，忽集忽散，像荒野里的乌鸦；狭条板凳有的断了腿，有的裂了缝；两扇木板窗外射进一些光亮来。某爷某爷坐满了一屋子，他们觉得舒适极了，一口沸烫的茶使他们神清气爽，几管浓辣的水烟使他们精神百倍。于是一切声音开始散布开来：有的讲昨天的赌局，打出了一张什么牌，就赢了两底；有的讲自己的食谱，西瓜鸡汤下面，茶腿丁煮粥，还讲怎么做鸡肉虾仁水饺；有的讲本镇新闻，哪家女儿同某某有私情，哪家老头儿娶了个十五岁的侍妾；有的讲些异闻奇事，说鬼怪之事不可不信，不可全信。有几位不开口的，他们在那里默

① 光降：光临，光顾。

听，微笑，吐痰，吸烟，支颐①，遐想，指头轻敲桌子，默唱三眼一板的雅曲。迷蒙的烟气弥漫一室，一切形一切声都像在云里雾里。午饭时候到了，他们慢慢地踱回家去。吃罢了饭依旧聚集在“来扇馆”里，直到晚上为止，一切和午前一样。岂止和午前一样，和昨天和前月和去年和去年的去年全都一样。他们的生活就是这样了！

城市里有一种茶社，比起“来扇馆”就像大辂②之于椎轮③了。有五色玻璃的窗，有仿西式的红砖砌的墙柱，有红木的桌子，有藤制的几④和椅子，有白铜的水烟袋，有洁白而且洒上花露水的热的公用手巾，有江西产的茶壶茶杯。到这里来的先生们当然是非常大方，非常安闲，洪亮的语音表示上流人的声调，顾盼无禁的姿态表示绅士式的举止。他们的谈话和“来扇馆”里大不相同了。他们称他人不称“某老”就称“某翁”；报上的记载是他们谈话的资料，或表示多识，说明某事的因由，或好为推断，预测某事的转变；一个人偶然谈起了某一件事，这就是无穷的言语之藤的萌芽，由甲而及乙，由乙而及丙，一直蔓延到癸，癸和甲是决不可能牵连在一席谈话里的，然而竟牵连在一起了；看破世情的话常常可以在这里听到，他们说什么都没有意思都是假，某人干某事是“有所为而为”，某事的内幕是怎样怎样的；而赞誉某妓女，称扬某厨司也占了谈话的一部分。他们或是三三两两同来，或是一个人独来；电灯亮了，坐客倦了，依旧三三两两同去，或是一个人独去。这都不足为奇，可怪的是明天来的还是这

---

① 支颐：以手托下巴。
② 大辂（lù）：大车。
③ 椎轮：以圆木为轮的原始车子。
④ 几（jī）：小桌子。

许多人；发出洪亮的语音，做出顾盼无禁的姿态还同昨天一样；称“某老”“某翁”，议论报上的记载，引长谈话之藤，说什么都没有意思都是假，赞美食色之欲，也还是重演昨天的老把戏！岂止是昨天的，也就是前月、去年、去年的去年的老把戏。他们的生活就是这样了！

上海的马路上，来来往往的，谁能计算他们的数目？车马的喧闹，屋宇的高大，相形之下，显出人们的混沌和微小。我们看蚂蚁纷纷往来，总不能相信他们是有思想的。马路上的行人和蚂蚁有什么分别呢？挺立的巡捕，挤满电车的乘客，忽然驰过的（汽车里的）乘汽车者，急急忙忙横穿过马路的老人，徐步看玻璃窗内货品的游客，鲜衣自炫的妇女，谁不是一个蚂蚁？我们看蚂蚁个个一样，马路上的过客又哪里有各自的个性？我们倘若审视一会儿，且将不辨谁是巡捕，谁是乘客，谁是老人，谁是游客，谁是妇女，只见无数同样的没有思想的动物散布在一条大道上罢了。游戏场里的游客，谁不露一点笑容？露笑容的就是游客，正如黑而小的身体像蜂的就是蚂蚁。但是笑声里面，我们辨得出哀叹的气息；喜悦的脸庞，我们可以窥见寒噤的颦蹙。何以没有一天马路上会一个动物也没有？何以没有一天游戏场里会找不到一个笑容？他们的生活就是这样了。

我们丢开优裕阶级来看，有许许多多人从红绒绳编着小发辫的孩子时代直到皮色如酱须发如银的暮年，老是耕着一块地皮，眼见地利确是生生不息的，而自己只不过做了一柄锄头或者一张犁耙！雪样明耀的电灯光从高大的建筑里放射出来，机器的声响均匀而单调，许多撑着倦眼的人就在这里做那机器的帮手。那些是生产的利人的事业呀，但是……他们的生活就是这样了！

一切事情用时行的话说总希望它“经济”，用普通的话说起来就是“值得”。倘若有一个人用一把几十位的大算盘，将种种阶级的生活结一个总数出来，大家一定要大跳起来狂呼“不值得”。觉悟到“不值得”的时候就好了。

1921 年

寒晓的琴歌

西北风吹来非常紧急，我的皮肤当着也不感觉什么，因为是麻木了。光秃的杨枝①如狂地舞动，似乎可以听得他们憔悴的衰飒②的哀声。白蒙蒙的晓雾笼罩着杨树的顶部，只见很模糊的稀疏而槎枒的枝痕，仿佛是用淡墨描的。太阳还没升高呢。斜射的淡薄的光凝滞和无力，穿不透浓雾，单给东面的雾略为增一些光亮。

这里是一大片旷野。四围③尽是杨树，但现在都沉没在浓雾里，我不停地向前走，只有逐渐近我身旁的一两棵可以看见。在我的右面是一个营垒④，约略可以看见雉堞⑤式的围墙。营里早已没有兵卒驻扎了。离巢的乌鸦，不知它们为什么不飞到浓雾之外去扑一扑翅膀，却栖止在营墙上乱叫；这种声浪在西北风里扩散开来，就含有凄苦的况味⑥。

这是12月里的朝晨，我竟没遇见一个行人。寂寞和惆怅的心使我忘了自己，直到脚下踏着了小桥的石级，才知那一片旷野走完

---

① 杨枝：杨柳的枝条。
② 衰飒：因失意而消沉。
③ 四围：周围。
④ 营垒：军营和四周的围墙。
⑤ 雉（zhì）堞：古代在城墙上修筑的矮而短的墙，守墙人可以借以掩护自己。
⑥ 况味：境况和情味。

了。我无心地靠着桥栏下望，那河水流动得好急，一条波纹涌着一条波纹，显出高低不平的无数阶级。那后生的波纹特别有一线的白痕做标记，流到桥下，便同化于深蓝色的水波；那一线白痕又去做更后生的波纹的标记了。

“何来胡琴的声音？”我这么想。这是不会拉的人拉的：弦音尖厉而艰涩，旋律的进行屡屡间断，而且时常发出散音。我不待思索，我的脑子里立刻有一个念头回答我自己的疑问，“这条小桥边原有几家歌女——我平常经过时见她们门上的题名，所以知道——她们夜间应人家的征召，当然没有练习的工夫；此刻是清晨，征召她们的人睡了，她们才得在那里预备她们的功课。”

我望这几家沿河的楼窗，都紧紧地关着，窗上的明瓦零落了，有的糊着新闻纸，已是破碎，经了风只管往里吹；更看不见别的。但是我的想象力可以看见他们的屋内。那发出胡琴声音的一所屋里，有一个女孩子执着生疏而可怕的胡琴在那里练习。伊或者因为没有好好儿睡眠，困乏极了，或者因为手指寒冷，不能灵活自如，或者因为对于教者的威权恐惧而希望躲避，使伊的琴音更为恶劣，几乎不成音调。咿咿唉唉的声音连续送到我的耳管里，我如听疲者的呵欠，冻者的抖颤，弱者的心跳。而我心底的眼睛更看见伊蒙眬欲睡的倦态，索瑟不堪的蜷缩，惊惶无奈的神情——一幅难以描绘的图画。

和着琴音有低微的歌声了。何尝是歌声？这是个细小、怯弱、干枯、颤动的叫声。但我可以确定这是从一个十二三岁的女孩子的喉间发出的。伊的声音传出一切弱者柔软的灵魂，一切被侮辱者心底的悲哀。然则这正是很好的歌，不过不是供人家取乐，听着开开心的罢了。

可惜这时候人们都睡着了，这个歌声只我一个人听见。倘若在广大的都城里，聚集了成千成万的听众，教伊当众唱出这很好的歌，该会增进人们彼此之间的了解。但是我更有所忧虑，果真教伊当众唱出，伊哪里敢这样真切地唱呢！

我听了一会，一种奇异的感觉来袭我心，也辨不出是什么滋味。不要听罢。回首望刚才经过的旷野，依旧给沉默的滞重的浓雾笼罩着。

1921 年 3 月 31 日

晓　行

朝阳还没升高，我经过田野间，四望景物，非常秀丽且静穆。一带村树都作浅黛可爱的颜色，似乎正在浮动。我便忆起初见西湖时的情绪：那时是初夏的朝晨，出了钱塘门，经过了一带石壁，忽然间全湖在目。环湖的浅青的山色含有神秘而不可说的美，我只觉无可奈何，同时也遗忘了一切。这是一种不可描绘的情绪，过后思量，竟是我生享受美感的很满足的一回。现在那些远处的村树仿佛是连绵的青山，而我所得的印象又与初到西湖时相似，然则①我不是野行，竟是在湖上荡桨了。我原有点渴忆西湖呢，不料无意间得到了替代的安慰。

田里的麦全已割去。农人将泥土翻转来，更车②了河水进来浸润着，预备种稻。已成形而还不曾长足的蛙就得了新的领土。他们狭小的喉咙里发出阔大而烦躁的声音，彼此应和，连成一片。他们大多蹲在高出水面的泥块上，或从此处跳到彼处；头部仰起，留心看去可以看见他们白色的胸部在那里鼓动。当我经过他们近旁的时候，他们顺次停止了鸣声，极轻便地没入水中。不一会，我离他们

---

① 然则：用在句子开头，表示“既然这样，那么……”。

② 车：用水车取水。

较远，一片噪声又在我背后喧闹了。

印有人及家畜的足迹的泥路上竟没一棵草。两旁却丛生野草，大部分是禾本科的植物，开着各色的小花——除了昆虫恐怕再没有注意他们的了。细小而晶莹可爱的露珠附着在花和叶上，很有可玩的意趣。远处粪肥的气味微微地送入我的鼻管，充满着农田生活的感觉，使我否认先前的假想：我并不在清游雅玩的西湖上。

我走到一个池旁。岸滩的草和傍岸的树映入池中，倒影比本身绿得更鲜嫩，更可爱。这时候池面还没受日光的照耀，深蓝色的静定的池水满含着沉默。池面的一角浮着萍叶，数叶攒聚处矗起些桂黄色的小花——记得前几天还没有呢。偶然有些小鱼游近水面，才起极轻微的波纹，或者使萍花略微颤动。

靠着池的东南岸是一所破旧的农舍，屋后有一个水埠通到池面。我信足①走去，已到了那所屋舍的前面。一扇板门开着，里面只见些破的台凳和高低不平的泥地。门旁两扇板窗都撑起，一个女孩儿站在窗下。屋前一方地和屋的面积一样大，铺着长方的小砖，是他们的曝场②。

那女孩儿有略带红色的头发，非常稀疏，仅能编成一条小辫子；面孔很瘦削，呈淡黄色，眼光作茫昧③的瞪视。她见了我，只是对我看，仿佛我身上丛集着什么疑讶④。

我不曾走过这条路，看前面都种着豆，不见通路，疑是不能通过的了。便问她道："从这里可以到那条河边么？"这个问询减损了她疑讶的神情的大部分，她点头道："转过去就是。"我答应了一

---

① 信足：漫步。
② 曝（pù）场：暴晒粮食的场地。
③ 茫昧：模糊不清。
④ 疑讶（yà）：疑惑惊奇。

声，再往前去。她又说："但是豆叶上全是露水，要沾湿你的衣裳和鞋。"我说："不要紧。"就分开两边的豆茎，顺着很狭的田岸走去。我虽然没听她的话，心里却感激她对于我——她的不相识者——的好意。

走完了种豆的地方便到河岸，我的鞋和衣裳的下半截真湿了。河水和池水一样地深蓝和静定，但因潜隐①的流动有几处发出光亮。对岸的田里有几个农人在那里工作，因田地的空旷显出他们的微小。和平②而轻淡的阳光照到田面，就像对一切给与无限的生意，一条田岸，一方泥土，和农人手里的一柄锄头，都似乎含有内在的精神。

我站着望了一会，便沿着河走。在我的前路有两个农人在那里车水：一架手摇水车设在岸滩，他们俩各执一个柄摇动机关，引河水到田里。不多时我已到了他们俩跟前。一个农人非常高大，露出的皮肤全是酱一般的颜色；面部皱纹很多，有巨大的眼睛和鼻子。他约莫四十岁。又一个是二十出头的年纪，面目很像城市间的读书人；皮肤也不至于深赤；但是他四肢的发达的肌肉可以证明他是久操农作的人。他们俩只顾工作，非但不交一语，并且不看一看共同操作的伴侣。这个情形无论到什么地方都可遇见，锯开一段木头的两个木匠，同一作台的两个裁缝，都是好像没有第二个人在他们旁边似的。旁人看着他们，就要想他们何以耐得这般寂寞。其实旁人不就是他们，究竟寂寞与否怎便能断定呢？

水车引起的水经过一条临时掘成的沟流到田里。那条沟横断我的前路，而且有好些湿泥壅③在两旁。我提起了衣服，正要跨过那条

---

① 潜隐：潜藏，隐藏。
② 和平：温和，不猛烈。
③ 壅（yōng）：堵塞。

沟，那个年长的农人笑着对我说：“须留心跨，防跌跤。”他说时两手停了工作，那个年轻的也停了，繁喧的水车声便戛然而止。

我说：“不妨事，我能跨。”身体略一腾跃，已过了小沟。我来这一条未尝走惯的路上觉得一切的景物都新鲜，看农人车水也有趣味，时光又很早，所以就停了脚步。

他们俩见我过了小沟，便继续他们的工作。那年长的看着我问道：“先生是在那边学堂里的么？”

“是的。”

“那里的学生不止二三百呢？”

“不错，四百有余。”

“那些学生真开心，我从你们墙外走过，只听见他们笑和闹。大约不会有逃学的了。”

“逃学的确然没有。”停了一会，我问他说，“今年的麦收成想还不差，结实的时候不曾有过大风雨呢。”

“今年很好，五六年没有这样的收成了。”

“现在你这块田预备种稻了？”

“是的，”他指着五十步外一方秧田说，“那里的秧已长得那么高，赶紧要插了。”

我望那方秧田，柔细而嫩绿的秧生得非常整齐，好似一方绿绒。那种绿色是自然的色彩，决不能在画幅中看见，真足以迷醉人的心目。

他接着说：“我们在这田里车足了水，更犁松了泥土，就可以插秧。至迟到后天下午我们必得插秧。”他说时脸上有一种欣悦的神采，更伴着简朴真挚的微笑。

我说：“此后你们要辛苦了，添水拔草等工作你们天天要做，四无遮盖的猛烈的太阳又专和你们为难。你们以为这些是苦楚不是？”

“我们的日子自然不及你们那么舒服，但是也不见得苦楚。你们看我们以为苦楚，其实我们是惯了。我们乡村里的人谁不曾将两腿没在水田里尽浸？谁不曾将身体挺在太阳光中尽晒？我们从小到大都是这样，管什么苦楚不苦楚？”

“你们一定爱你们田里种的东西。”

“那自然，那是我们的性命。我们看他们很顺遂地发达起来，就好比我们的性命更为坚固且长久。前年那些天杀的小虫来吃我们的稻，一块田里的稻都已开花，忽然每棵稻的中段都折了，茎也枯萎了。留心看去，都是那些天杀的在那里作恶！我们没有法想，只对着稻田叹气！”他引起了以往的愤恨，语音便沉重且有停顿——这是乡村中人普遍的愤恨的征象。

“你们为什么不捕捉？城里曾经派出许多人员教你们预防和捕捉的法子。”

“预防呢，我们不很相信那叫也叫不清楚的药料。晚上点了灯，盛了油，待他们来投死，确是个靠得住的法子，但是要大家一齐做才行——这怎么办得到呢？独有一两家这么做，自己田里的捉完了，别家田里的吃到没得吃了，就难民一般地搬了来，还是个捉如未捉。”

“前年的灾情真厉害。去年好些吧？”

“好些，”他冷笑着说，“但是总不能灭尽！他们作恶一连十几年，哪一年不和我们为难，至多恶毒得轻些罢了。”

“田主减收你们的田租吧？”

“总算减短些。”他仍旧冷笑。

“减短多少呢？”

“不一定。他们中间很有几家专会用取巧的法子。他们所有的田不一定全受虫灾，但是被灾的多，便统打个九折收租。他们的意思并不是要没受灾害的得些好处，简直是使受灾的更受些灾害！然而他们有他们的说法：‘唯有这样才便于计算；否则怎能一块一块田都看到，确定出应收的成数呢？’又有几家，他们先抛大了米价，却挂出牌子来说田租统打七五折。大家听了这一句，以为他们的租轻松些，便争先缴租给他们。到末了他们的收数独多，还是他们占了便宜。”

“前年你的田租打了几折？”

“我么？”他摇动水车格外用力，借此发泄他的不平，“自然是九折！先生可知道我种的谁家的田？”

“不知道。”

“邵和之，他的家就在你们学校的东面，先生总该知道。”

我便想起常在沿街的茶馆里坐着的那个人。他每天坐在靠墙角的桌旁。瘦削的两颊向里低陷；短视的眼睛从眼镜里放出冷酷的光；额上常有皱纹，因为常在那里思虑。总之，他的面孔全部含着计算的意思。我不曾见他和别的茶客谈话，除了和催甲①或差吏计议农人积欠的田租的数目。——我所知于他的只有这些，但总算是知道他的，便答应那农人道：“我知道。”

“你想，我种的田就是他的，自然是九折了！”

“我不很知道他的底细，他收租很厉害么？”

“厉害！”他停了一会，又说，“田主收租谁都厉害，手段硬些软些罢了。邵大爷是惯用硬功的大王。”

“怎见得呢？”

“他算出来的数目就好比石头的山，不能移动一分。任你向他诉说恳求，巴望他减短一点，他的头总不肯点一点。欠了他的租，他

① 催甲：中国清代及民国时期江南的一种职业，常受雇于租栈，为地主向佃农收租。

就派差吏来叫去，由他说一个日期，约定到那一天必须缴还。他那双眼睛真可怕，望着他怎敢再求，只有答应下来，回来想法子，借债当东西全都做到，只求不再看他那双可怕的眼睛。”

他们俩停了手，挺一挺腰，望着四围舒一舒气，预备休息一会。河面忽然有一个声音，好似谁投了一块砖石。我无意地自语道：“什么？”看河面时，水花慢慢地扩散开来，最大的一圈已碰着对岸而消灭了。

那年轻的农人用艳羡的语气说：“该是一尾好大的鲤鱼。”他说时注视着河面。

“那位邵大爷，”年长的农人向我说，因为水车停了，显出他声音的响亮，“他有一次真是石头一般地定心，叫人万万学不来。他坐了船到东面杨家村里去收租。一家人家同他约了那一天的期，但是竟没法想，一个钱也弄不到。那个男子情急了，看见船摇进村，便发痴一般地避到屋后的茅厕里。差吏进门要人时，只见一个女人，知是避开了，略一搜寻，便从茅厕里把他拖了出来。那男子十分慌张，嘴里却说：‘我已有了钱，今天统可还清。’差吏听说，自然放了手。哪知那男子拔脚飞跑，竟往河里一跳！看见的人齐喊起来，一会儿村人都奔了出来。水里的人已冒了几冒，沉下去了。那时候邵大爷的舟子[1]见将有人命交涉，恐怕被村人打沉了他的船，急急解缆想要逃走。你知那位邵大爷怎样？他跨上船头喝住舟子不许解缆。他的脸上毫没着急的意思，大声对岸上的人说：‘欠租是何等重大的罪名！他便溺死了，还是要向他女人算！’那时村人个个着急，听邵大爷的说法又觉得不错，哪还有劲儿打他的船，只拼命将河里的人救了起来。后来那个男子还是卖掉了留着自己吃的一石米，还

① 舟子：驾船的人，亦称船夫。

清了租，才算了结。”

我听了这一段叙述，心里起一种憎恨的情绪，但并不只为那个姓邵的。因此，我低头望着河水——那时已不是深蓝的颜色，因为太阳升高了——不答说什么，只发出个“哦”的声音。

“种了这种人的田，客客气气早日还租就是便宜。”他一手撑在水车的木桩上，以很有经验的神情向我这么说。

“像你，种田过活，还过得去吧？”我想和我对面的人或者也曾受过严酷的逼迫，所以急切地问他。

“多谢先生，我还算过得去。单靠这几亩田是不济事的。我另有几亩烂田，一年两熟半，贴补我不少呢。”

“那就舒服了。”我如同身受那么安慰。

水车的机关又转动了，河水汩汩地流入田里。我想我的工作快要开始了，怎能只看着他人工作呢？我对那农人说：“他日再同你谈罢。”便向前走去。

水车的声音里带一个似乎很远的人语声——“改日再会”——在我的背后。

1921 年 6 月 11 日

啼　声

睡眠不得宁贴的，莫过于怀中抱着婴孩的母亲了。独对寒月的思妇，含泪阖眼的鳏夫，睡眠都比她宁贴。唯有她，完全抛开了自己，竟不把睡眠当一回事。眼睛虽或阖着，有时也发出疲倦的鼾声，然而心神是永远清醒的。这清醒的心神凝定专一，只守护着熟睡的婴孩，婴孩一伸手，一转侧，没有不感应似的立时觉察出来。不但如此，便是婴孩的一切感觉，没有什么外面表现的感觉，她也能觉察，好像受了神秘的启示。婴孩没有放出饥饿的啼声时，她就给奶吃；婴孩将要张开疲倦的小眼时，她就拥抱得更紧贴一点。这样，她的睡眠就不成其为睡眠了。

妻趺坐①着，抱着新生的女婴给奶吃了。昏黄的灯光透过蚊帐，她们俩就占据在这闷热的昏黄的方的空间里。不知道是什么时候，细碎的钟摆声不能告诉我们时刻。约略听得窗外有细细屑屑的雨点声，但也不一定是雨点，细听去却又没有了。

女婴吃了一会儿奶，忽然哭了，声音很激越，有极短的间歇。妻轻轻地拍着她的小身躯，同时发出柔美的睡梦似的呜声。但是没有效果，女婴的啼声依然不止，而且有点沙哑无力了。

---

① 趺（fū）坐：盘腿端坐。

我想：今夜妻已经坐起了好几回。她的心神固然永远清醒着，她的身躯总该睡一会儿。现在女婴的啼哭不会一时便歇，要她熟睡，时间当然更长，那么今夜妻的睡眠不将无望了么？

我这么想着，便起来将女婴接过来。同时叫妻躺下去睡，毫不经心地睡；我自会抱她，呜她，待她止了哭，睡熟了，也会拥着她。有几夜我们也曾这么做，不是第一次了。于是妻就侧身躺下，散乱的头发盖着她尚未恢复的苍白的左颊，入睡了。

到了我的床上，我靠着枕头，半躺地坐着。女婴的啼声弛缓而轻微了。她的略微张开的眼睛，有些不成滴的泪痕，似乎瞪视着我。丰满的两颊，垛起的可爱的小嘴唇，虽然二十多天内看惯了，还像乍见似的，只觉得这形象蕴蓄着无限的希望；即便在昏晕的灯光里，我的倦眼仍不厌地看着她。我也同妻一样轻轻地拍着她的小身躯，还发出粗劣而不中节①的倦怠的呜声。这样不知经过了多少时间，她的啼声听不见了。

女婴向我开口了。而此时，她不仅是她，也就是人间无量数的子女和学童。我听了她的话，同时也听了人间无量数的子女和学童的话。我不仅是我，也就是人间无量数的父母和教师。我在听着，人间无量数的父母和教师也在听着。她和我都变化了，一个就是众多，众多就是一个。但是我绝不觉得这回事有点奇怪，只觉得情形本来如此。

她没有开口之前，举起小拳头向我作打击的姿势，眼睛张得很大，射出愤怒的光。语声从小嘴里发出，很有威严，使我懔然。她说："你这么拍我，呜我，在你以为是爱我；如其不往深处想，我也可以承认你是爱我。但是，你终究是我的仇敌！"

---

① 中节：合乎节奏。

“这多么足以惊怪，突然指我们是他们的仇敌！既然爱了，为什么又是仇敌呢？”这时候我觉得“我”和“我们”竟是意义相同，可以随便换用的两个代词了；而“她”和“他们”、“你”和“你们”也一样。我心里虽然惊怪，却并不开口问她，为的什么，我自己也不明白。

“你们试想，你们所谓爱我们的，有多少意义？不如确切一点说，这是你们自己的游戏和消遣。先问你们：你们曾为我们的身体着想而寻求过适宜的保育方法么？你们曾为我们的智慧着想而给与过有价值的玩具么？你们曾为我们特设过一种好的环境么？你们曾为我们讲说过一些好的话语么？你们曾针对我们的需要而付与过么？你们曾觉察可能的危险而预防过么？总之一句话，你们曾真个为我们尽过一点心么？”

我只是不开口。她的——也可以说他们的——脸上露出鄙夷和嘲讽的神情，接着说：“为什么不开口？答不出来么？自知的确不曾有过，不好意思开口么？看你们那样羞惭的眼光，知道后面一句话我们说中了。真个不曾有过，却还自以为爱我们！这种肤浅的爱值得什么呢？

“你们只是游戏和消遣罢了！不管是什么食品，你们高兴的时候，便是黏韧难以消化的，也同喂猫狗一般给我们吃了。我们所需要的营养料，你们反而不给，因为你们觉得没意思。不管是什么衣物，你们以为可以装饰你们的小玩偶的时候，便是笨重累赘的，也给我们穿了戴了。我们所需要的轻暖舒适的服饰，你们反而不给，因为你们不喜欢。你们中间穷苦的，给我们吃，有一顿没一顿，给我们穿，掩了下身掩不了上身。黑暗的积满灰尘的屋角里，我们被扔在那里蜷缩着。繁殖着臭虫蚤虱的草铺上，我们被扔在那里躺着。这就是你们的保育方法了。

“你们中间，有些人同牛马一般，肩背上担负着不可堪的工作，要我们帮一点忙，便将笨重的工具授与我们，叫我们软弱无力的小手拿着，也照样工作。有些人读惯了某些书本，看惯了某些画幅，要我们尝到同样的滋味，便将那些书本画幅授与我们，叫我们照样读着看着。你们喜欢赌博，当赢了钱非常乐意的时候，就给我们一副纸牌，叫我们照样玩去。你们喜欢参拜神像，当参拜完毕，信心坚强的时候，就给我们一个蒲团，叫我们多拜几拜。这些就是你们所给与的玩具了！

“空旷的原野，你们以为是野蛮人居住的地方。葱绿的树林，你们说里边藏着老虎。小刀小斧小锥小凿是下流的木匠的家伙；颜色铅粉有什么用，又不要当什么画小照的旁画工：你们是常常这么说的。你们要将你们的小玩偶造成个又斯文又高贵的东西，所以把我们藏在又方正又简单的房间庭院里。你们的院子和校园，干净到一无所有。你们的房间和课堂里，方方的桌子，方方的椅子，一不小心就会撞破了头，使我们不敢奔跑。你们中间穷苦的，又何尝不希望有那样又方正又简单的房间庭院，将我们养在里边，不过办不到罢了。可是，你们的家又太过狭窄杂乱了，粥锅、便器、草席、桌、凳，种种东西尽将我们挤，将我们挤到了门外。于是我们只能在泥渍水浸风沙飞扬的街上打滚。这就是你们给与我们的环境！

“你们又何尝同我们谈过话！你们坚信小玩偶不是你们谈话的对手，你们自有你们的高尚而有意义的思想，不是我们所能懂得的。你们中间操劳的，自己当机器还来不及，自然也不同我们谈话。只有你们快活的时候，才‘小宝贝’‘小心肝’地叫一阵；不爽快的时候，就‘讨厌的东西’‘我要打了’‘快给我滚开’地骂一回。这使我们不能想清楚一个念头，说完全一句话，因为想念头和说话都靠谈话做钥匙，而你们对我们只有欢叫和怒骂！

“感谢你们，特地标出极重大的题目，像煞有介事地，教育我们了。你们保存着古昔传下来的记忆，相信这些完全是好的，因为合着你们的脾胃；你们就将全部传授给我们，还希望我们也照样传授下去。我们曾否向你们需要这些，曾否感激你们的传授，你们却完全不问。你们自有你们的模型，我们是烂泥，要制造只供玩耍的泥人儿，将烂泥往模型里按就是了。这就是你们的教育！

“你们自身害了没法治的恶病，毫不经意地把我们生了下来，于是我们终身受冤屈，也害着恶病了。外间疫病流行的时候，你们如无其事，带着我们在病菌飞舞的地方乱走，于是我们得到传染，性命危险了。我们的学龄到了，你们随随便便地，把我们送到一个学校就算。我们的恶习萌芽了，你们还从旁赞扬，说你们的小玩偶乖觉。你们就是这样地不关心我们！

“总之，你们起劲的时候，便想起我们，照着自己的意思，取出来玩弄一番，正像猫儿弄垂死的老鼠当游戏，老太太用骨牌打五关作消遣。要是你们不起劲，没工夫，就同没有我们一样，我们被搁在一旁，在你们的心中占不到百分之一的地位。

“你们究曾真个为我们尽过一点心么？一点，只要有一点，我们就承认你们有真个爱我们的根苗了。但是，这一点在哪里！”

她的——他们的——面容变得惨厉，声音带着凄楚了。我只是醉迷迷地听，不想开口。

“我们是要不停地前进，向将来走去的。这将来虽然尚在前方，但我们可以预测，多半是惨酷的遭遇。我们固然要发挥自己的能力，和那些惨酷的遭遇斗争。可是我们已经做了你们的玩物，你们的消遣品，我们已经被损害了。斗争的结果怎么样，正难说呢！

“你们听着：我们的身体将脆弱而多病！我们的情感将淡漠而无所属！我们的思想将拘束而不得自由！我们将无所有，无所能！我们将微小如沙粒，卑弱如蚯蚓！这都是你们的赏赐！你们究曾爱我们么？

“我们不曾请求你们做父母做教师呵！你们既然不自谦地做了，爱我们就是你们的责任。你们却不能爱！不能爱也罢了，退一步说，总该不给我们损害。你们偏又随时随地给我们损害！你们不是我们的仇敌么？

“我们不愿有虚幻的奢侈的希望——希求你们的爱，只欲抗拒你们将我们作游戏和消遣，就是你们自以为爱我们的那一套。至于我们，也决不能爱你们，因为我们没有受到你们一点好处，你们是我们的仇敌，不给帮助反加损害的仇敌！”她说着，哀哀地愤愤地哭了，我听见他们哀哀地愤愤地哭了。

妻的不眠的心神感应着女婴的哭声，半身爬起来，揭开蚊帐唤我。我醒了，听得稀疏的雨点敲着白铁①水落的寂寞的声响。女婴在我臂弯里啼着，一副愁苦的脸，小胳臂用力舞动，手握着小拳头。

妻温柔地说：“我的心肝，到妈妈怀里来吧！”

我起身抱女婴给她，心中迷惘地想：“不要妈妈爸爸的，且求不至于做她的仇敌吧！”

1922 年 5 月 23 日

① 白铁：镀锌铁的通称。

没有秋虫的地方

阶前看不见一茎绿草，窗外望不见一只蝴蝶，谁说是鹁鸽箱里的生活，鹁鸽未必这样枯燥无味呢。秋天来了，记忆就轻轻提示道：“凄凄切切的秋虫又要响起来了。”可是一点影响也没有，邻舍儿啼人闹弦歌杂作的深夜，街上轮震石响邪许并起的清晨，无论你靠着枕头听，凭①着窗棂听，甚至贴着墙角听，总听不到一丝秋虫的声息。并不是被那些欢乐的劳困的宏大的清亮的声音淹没了，以致听不出来，乃是这里根本没有秋虫。啊，不容留秋虫的地方！秋虫所不屑居留的地方！

若是在鄙野的乡间，这时候满耳朵是虫声了。白天与夜间一样地安闲；一切人物或动或静，都有自得之趣；嫩暖的阳光和轻淡的云影覆盖在场上，到夜呢，明耀的星月和轻微的凉风看守着整夜，在这境界这时间里唯一足以感动心情的就是秋虫的合奏。它们高低宏细疾徐作歇，仿佛经过乐师的精心训练，所以这样地无可批评，踌躇满志。其实它们每一个都是神妙的乐师；众妙毕集，各抒灵趣，哪有不成人间绝响的呢？

虽然这些虫声会引起劳人的感叹，秋士的伤怀，独客的微喟，

① 凭：倚。

思妇的低泣；但是这正是无上的美的境界，绝好的自然诗篇，不独是旁人最欢喜吟味的，就是当境者也感受一种酸酸的麻麻的味道，这种味道在另一方面是非常隽永的。

大概我们所祈求的不在于某种味道，只要时时有点儿味道尝尝，就自诩为生活不空虚了。假若这味道是甜美的，我们固然含着笑来体味它；若是酸苦的，我们也要皱着眉头来辨尝它。这总比淡漠无味胜过百倍。我们以为最难堪而极欲逃避的，唯有这个淡漠无味！

所以心如槁木不如工愁多感①，迷蒙的醒不如热烈的梦，一口苦水胜于一盏白汤，一场痛哭胜于哀乐两忘。这里并不是说愉快乐观是要不得的，清健的醒是不必求的，甜汤是罪恶的，狂笑是魔道的；这里只是说有味远胜于淡漠罢了。

所以虫声终于是足系恋念的东西。何况劳人秋士独客思妇以外还有无量数的人，他们当然也是酷嗜趣味的，当这凉意微逗的时候，谁能不忆起那美妙的秋之音乐？

可是没有，绝对没有！井底似的庭院，铅色的水门汀地，秋虫早已避去唯恐不速了。而我们没有它们的翅膀与大腿，不能飞又不能跳，还是死守在这里。想到“井底”与“铅色”，觉得象征的意味丰富极了。

1923 年 8 月 31 日

---

① 工愁多感：即“多愁善感”。

藕与莼菜

同朋友喝酒，嚼着薄片的雪藕，忽然怀念起故乡来了。若在故乡，每当新秋的早晨，门前经过许多乡人：男的紫赤的胳膊和小腿肌肉突起，躯干高大且挺直，使人起健康的感觉；女的往往裹着白底青花的头巾，虽然赤脚，却穿短短的夏布裙，躯干固然不及男的那样高，但是别有一种健康的美的风致；他们各挑着一副担子，盛着鲜嫩的玉色的长节的藕。在产藕的池塘里，在城外曲曲弯弯的小河边，他们把这些藕一再洗濯，所以这样洁白，仿佛他们以为这是供人品味的珍品。这是清晨的画境里的重要题材，倘若涂满污泥，就把人家欣赏的浑凝①之感打破了，这是一件罪过的事，他们不愿意担在身上，故而先把它们洗濯得这样洁白，才挑进城里来。他们要稍稍休息的时候，就把竹扁担横在地上，自己坐在上面，随便拣择担里过嫩的“藕枪”或是较老的“藕朴”，大口地嚼着解渴。过路的人就站住了，红衣衫的小姑娘拣一节，白头发的老公公买两支。清淡的甘美的滋味于是普遍于家家户户了。这样情形差不多是平常的日课，直到叶落秋深的时候。

在上海这里，藕这东西几乎是珍品了。大概也是从我们故乡运

---

① 浑凝：融结为一体。

来的。但是数量不多，自有那些伺候豪华公子硕腹巨贾的帮闲茶房们把大部分抢去了；其余的就要供在较大的水果铺里，位置在金山苹果吕宋香芒之间，专待善价而沽。至于挑着担子在街上叫卖的，也并不是没有，但不是瘦得像乞丐的臂和腿，就是涩得像未熟的柿子，实在无从欣羡。因此，除了仅有的一回，我们今年竟不曾吃过藕。

这仅有的一回不是买来吃的，是邻舍送给我们吃的。他们也不是自己买的，是从故乡来的亲戚带来的。这藕离开它的家乡大约有好些时候了，所以不复呈玉样的颜色，却满披着许多锈斑。削去皮的时候，刀锋过处，很不爽利。切成片送进嘴里嚼着，有些儿甘味，但是没有那种鲜嫩的感觉，而且似乎含了满口的渣，第二片就不想吃了。只有孩子很高兴，他把这许多片嚼完，居然有半点钟工夫不再作别的要求。

想起了藕就联想到莼菜。在故乡的春天，几乎天天吃莼菜。莼菜本身没有味道，味道全在于好的汤。但是嫩绿的颜色与丰富的诗意，无味之味真足令人心醉。在每条街旁的小河里，石埠头总歇着一两条没篷的船，满舱盛着莼菜，是从太湖里捞来的。取得这样方便，当然能日餐一碗了。

而在上海这里又不然，非上馆子就难以吃到这东西。我们当然不上馆子，偶然有一两回去叨扰朋友的酒席，恰又不是莼菜上市的时候，所以今年竟不曾吃过。直到最近，伯祥的杭州亲戚来了，送他瓶装的西湖莼菜，他送给我一瓶，我才算也尝了新。

向来不恋故乡的我，想到这里，觉得故乡可爱极了。我自己也不明白，为什么会起这么深浓的情绪？再一思索，实在很浅显：因为在故乡有所恋，而所恋又只在故乡有，就萦系着不能割舍了。譬如亲密的家人在那里，知心的朋友在那里，怎得不恋恋？怎得不怀念？但是仅仅为了爱故乡么？不是的，不过在故乡的几个人把我们牵系着罢了。若无所牵系，更何所恋念？像我现在，偶然被藕与莼菜所牵系，所以就怀念起故乡来了。

所恋在哪里，哪里就是我们的故乡了。

1923 年 9 月 7 日

从墓似的人间

上海有种种的洋房，高大的，小巧的，红得使人眼前晕眩的，白得使人悠然意远的，实在不少。在洋房的周围，有密叶藏禽的丛树，有交枝叠蕊的砌花，凉椅可以延爽，阳台可以迎月。在那里接待密友，陪伴恋人，背景是那样清妙，登场人物又是那样满怀欢畅，真可谓赏心乐事，神仙不啻了。但是我不想谈这些人和他们的洋房，我要引导读者到狭窄的什么弄什么里去。

在内地有这么一个称谓，叫作“上海式房子”，可见这种房屋的式样是起源于上海而流行到内地去的。我想，再减省不得再死板不过的格局，要数上海式的房子了。开门进去，真是井一样的一个天井。假如后门正开着，我们的视线就可以通过客堂，直望到后面一家人家的前门。客堂后面是一张峭直的扶梯，好让我们爬上楼去。最奇妙的，扶梯后面还不到一楼一底的高度，却区分为三，上是晒台，中称亭子间，下作灶房。没有别的了，尽在于此了。倘若要形容家家相同的情形，很可以说就像印板文字那样，见一个可以知道万万。住在这种房屋里的人们，差不多跟鸽子箱里的鹁鸽一样，一对对地伏在里边就是了，决说不到舒服，说不到安居，更说不到什么怡神悦性的佳趣。但是，假如一对夫妇能占这么一所房屋，他们就是十二分的幸运者，至少可以赠给他们“准贵族”的称号了；更有无量数的人，要合起好几对来，还附带各家的老的小的，才得以占这样一所房屋，他们连鹁鸽都不如呢！

最大的限度，这样一所房屋可以住七八家人家。待我指点明白，读者就不会以为是奇闻了。客堂以及楼面各用板壁划分为二，可以住下四家，这是天经地义，所以平淡无奇。亭子间可以关起门来自成小天地，当然住一家。各家的饭都在自己的领域里做，那么灶房里也可以住一家。在晒台顶上架起些薄板，只要像个形式，不管风来受冷，雨来受淋，就也可以住一个单身汉或者一对孤苦的老夫妇。再在楼板底下，客堂后半间的上面，搭成一个板阁，出入口就开在扶梯的半腰里，虽然出进非爬不可，虽然陈设不下什么床铺，两三个“七尺之躯”还容得下，所以也可以住一家。这不是八家了么？

情形如此，我们还称这是一所房屋，似乎不很适当了。试想夜深入睡的时候，这里与那里，上层与下层，都横七竖八躺满了人，这不是与北城郊外，白杨树下，新陈错杂的丛墓相仿佛么？所不同的，死人是错乱纵横躺在泥土之中，这些睡着的人是错乱纵横躺在浑浊不堪而其名尚存的空气之中罢了。

丛墓里的死人永远这样躺着，错乱纵横倒还没有什么关系，这些睡着的人可不然，他们夜间的墓场也就是白天的世界。一到晨梦醒来，竖起身子，大家就要在那里作种种活动；图谋生活的工作，维持生活的杂务，都得在这仅够横下身子的领域里干起来。他们只有身体与身体相摩，饭碗与便桶并列，坐息于床铺之上，烧饭于被褥之侧：今天，明天，今年，明年，“直到永远”！

在这个领域里实在也无从整理，当然谈不到带着贵族气息的卫生。苍蝇来与他们夺食，老鼠来与他们同居；原有的窗户因为分家别户不免少开几扇，一部分清新的空气就给挡驾了，于是疾病之神偷偷地溜了进来。这家煨破旧的泥炉，那家点无罩的煤油灯，于是祝融①之神默默地在那里相度②他的新领土。小孩在这个领域里产生出来，生活过来，不是面黄肌瘦，软弱无力，就是深深印着这么一个观念，杂乱肮脏就等于生活，于是愚蠢者、卑陋者的题名册上又要添上许多名字。总之，这活人的丛墓面前清清楚楚标着这样几个无形的大字，就是“死亡，灾难，愚蠢”。

是谁把这什么弄什么里化成丛墓的呢？是谁驱使这许多人投入丛墓的呢？这些真是极其愚笨的问题。人家出不起独占一所屋子的钱，当然只好七家八家合在一起住。所以，如果要编派处分，谁也怪不得，只能怪住在丛墓里的人自己不好，你们为什么没有富足的钱！你们如果怪房东把房价定得太贵，房东将会回答你们说：“我是将本求利的，这房屋的利息是最公道的呢。我并不做三分息四分息的营生。你们不送我个‘廉洁可风’的匾额，倒怪起我来了么！”你们如果去怪市政机关没有限制，没有全盘的规划，市政机关会回答你们说：“就因为我们没有限制，你们才有个存身之处。有了限制，你们只好住到郊野去了！至于空阔舒畅的房屋尚没有人住的，某处有一所美国式的洋房，某处有一所带花园的别墅，某处某处有什么什么，你们为什么不去买来或租来住呢？”他们都不错，只有你们错，你们为什么没有富足的钱！

为千错万错的人们着想，只有两条路。其一，回复到上古的时代，空间跟清风明月一样，不用一钱买，在山巅水涯自由自在地造起房屋来。其二，提倡货真价实到二十四分的精神生活，尽管七家八家挤在一起，但是天理可以胜人欲，妙想可以移实感，所以大家

---

① 祝融：传说中古代帝王之一，后人尊为火神。

② 相度：观察、估量。

能优游自适，无异于处高堂大厦。

假如既已出了轨的世运的车是继续向前奔驰的，那么回复到原来的轨道是没有希望了，第一条路通不过去了。假如理学不昌，生活不能不依赖物质，那么七家八家死挤，总是莫大的悲哀，第二条路又通不过去了。

这似乎颇有点绝望。但是也不尽然。平心而论，同是一个人，所占空间应该是同样大小，没有一个人配特别占得多，也就没有一个人该特别占得少。你能说出谁配多占谁该少占的理由么？能够做到所占均等，能够做到人人得有整洁舒适的居所，那么，丛墓就恢复为人间了。这绝不是开起倒车，退到歧路那儿，然后郑重前进的办法所能办到的。这须得加速度前进，飞越旧的轨道，转上那新的轨道。

什么事情的新希望都在于转上新的轨道。困在丛墓中而感到悲哀的人们，就为这一点悲哀，已经有奔向新的轨道的必要了。

1924 年 7 月 19 日

苏州园林

苏州园林据说有一百多处，我到过的不过十多处。其他地方的园林我也到过一些。倘若要我说说总的印象，我觉得苏州园林是我国各地园林的标本，各地园林或多或少都受到苏州园林的影响。因此，谁如果要鉴赏中国的园林，苏州园林就不该错过。

设计者和匠师们因地制宜，自出心裁，修建成功的园林当然各个不同。可是苏州各个园林在不同之中有个共同点，似乎设计者和匠师们一致追求的是：务必使游览者无论站在哪个点上，眼前总是一幅完美的图画。为了达到这个目的，他们讲究亭台轩榭的布局，讲究假山池沼的配合，讲究花草树木的映衬，讲究近景远景的层次。总之，一切都要为构成完美的图画而存在，决不容许有欠美伤美的败笔。他们唯愿游览者得到“如在画图中”的美感，而他们的成绩实现了他们的愿望，游览者来到园里，没有一个不心里想着口头说着“如在画图中”的。

我国的建筑，从古代的宫殿到近代的一般住房，绝大部分是对称的，左边怎么样，右边也怎么样。苏州园林可绝不讲究对称，好像故意避免似的。东边有了一个亭子或者一道回廊，西边决不会来一个同样的亭子或者一道同样的回廊。这是为什么？我想，用图画来比方，对称的建筑是图案画，不是美术画，而园林是美术画，美术画要求自然之趣，是不讲究对称的。

苏州园林里都有假山和池沼。假山的堆叠，可以说是一项艺术而不仅是技术。或者是重峦叠嶂，或者是几座小山配合着竹子花木，全在乎设计者和匠师们生平多阅历，胸中有丘壑，才能使游览者攀登的时候忘却苏州城市，只觉得身在山间。至于池沼，大多引用活水。有些园林池沼宽敞，就把池沼作为全园的中心，其他景物配合着布置。水面假如成河道模样，往往安排桥梁。假如安排两座以上的桥梁，那就一座一个样，决不雷同。池沼或河道的边沿很少砌齐整的石岸，总是高低屈曲任其自然。还在那儿布置几块玲珑的石头，或者种些花草：这也是为了取得从各个角度看都成一幅画的效果。池沼里养着金鱼或各色鲤鱼，夏秋季节荷花或睡莲开放，游览者看“鱼戏莲叶间”，又是入画的一景。

苏州园林栽种和修剪树木也着眼在画意。高树与低树俯仰生姿。落叶树与常绿树相间，花时不同的多种花树相间，这就一年四季不感到寂寞。没有修剪得像宝塔那样的松柏，没有阅兵式似的道旁树：因为依据中国画的审美观点看，这是不足取的。有几个园里有古老的藤萝，盘曲嶙峋的枝干就是一幅好画。开花的时候满眼的珠光宝气，使游览者感到无限的繁华和欢悦，可是没法说出来。

游览苏州园林必然会注意到花墙和廊子。有墙壁隔着，有廊子界着，层次多了，景致就见得深了。可是墙壁上有砖砌的各式镂空图案，廊子是两边无所依傍的，实际是隔而不隔，界而未界，因而更增加了景致的深度。有几个园林还在适当的位置装上一面大镜子，层次就更多了，几乎可以说把整个园林翻了一番。

游览者必然也不会忽略另外一点，就是苏州园林在每一个角落都注意图画美。阶砌旁边栽几丛书带草。墙上蔓延着爬山虎或者蔷薇木香。如果开窗正对着白色墙壁，太单调了，给补上几竿竹子或几棵芭蕉。诸如此类，无非要游览者即使就极小范围的局部看，也能得到美的享受。

苏州园林里的门和窗，图案设计和雕镂琢磨功夫都是工艺美术的上品。大致说来，那些门和窗尽量工细而决不庸俗，即使简朴而别具匠心。四扇，八扇，十二扇，综合起来看，谁都要赞叹这是高度的图案美。摄影家挺喜欢这些门和窗，他们斟酌着光和影，摄成称心满意的照片。

苏州园林与北京的园林不同，极少使用彩绘。梁和柱子以及门窗栏杆大多漆广漆，那是不刺眼的颜色。墙壁白色。有些室内墙壁下半截铺水磨方砖，淡灰色和白色对衬。屋瓦和檐漏一律淡灰色。这些颜色与草木的绿色配合，引起人们安静闲适的感觉。花开时节，更显得各种花明艳照眼。

可以说的当然不止以上写的这些，这里不再多写了。

1979 年 2 月 6 日

骨牌声

走进里弄，总弄的靠墙角的一盏盏电灯全都亮了，在第四盏灯底下，一张轻便的桌子斜角摆着，四个女人围着“打麻将”。她们不用扇扇子，也不在周身乱拍乱搔，像其他乘凉的人那样；大概暑气与蚊虫都与她们疏远了。

这使我想到伯祥近来的一夜的失眠。伯祥的屋子是带“跨街楼①”的，就把跨街楼作为卧室。那一晚他刚上床睡觉，楼底下就传来倒出一盒骨牌的声音，接着就是摸牌的声音，碰牌的声音，人的说笑，惊喜，埋怨，随口骂詈，种种的声音。先前医生给伯祥诊察过，说他的血浆比较薄，心脏不很强健；影响到心理，就形成感觉敏锐。这楼下的声音并不细微，当然立刻引起他的注意，蒙眬的倦意就消失了。声音继续不绝，他似乎被强迫地一一去听，同时对于将要失眠了又怀着越来越凶的惴惴。楼下的人兴致不衰，一圈一圈打下去，直到炮车似的粪车动地震耳地推进里弄来了，他们方才歇手。谁输谁赢自然是确定了，或者大家还觉得有点儿软软的倦意；但是他们必然料不到楼上的伯祥也陪着他们一夜不曾合眼。

在我家听力所及的四围的邻居中，也常常有通宵打牌的。我是

① 跨街楼：连接街道两旁楼房而横跨在街道上空的楼。

出名的贪睡汉，并不曾因此失眠过一回，像伯祥那样。在我还没有睡的时候，听见他们摸牌，很不经意地想，“他们打牌了”，随后也就安然，躺下不多时，就睡熟了。偶尔半夜里醒来，又听见他们摸牌，蒙蒙眬眬地想，“他们还没有歇手呢”，一转身，又睡熟了。直到小女孩醒了，我似乎被她闹醒，看窗上已经布满含有希望的青光，这时候又听见他们摸牌，轻轻地，慢慢地，似乎乏力的样子，这才知道他们打了通宵的牌。

不是没有白天打牌的，据家里人说，日里头也常听见骨牌桌子相击的声音；不过我日里头在家的时候少，就觉得打牌的事总是夜里发生的多了，然而有几回回家吃午饭的时候，也曾听得劈劈啪啪的骨牌响。

有人说：“游戏而至于打麻将，可说最没有趣味的了；组织这么简单，一点儿用不着费心思，有什么好玩！”说这句话如果意在劝人不要打麻将，简直是不通世务的读书官人说的，明白的人决不会这么说。

现在先讲趣味。趣味是须经旁人判定的呢，还是在于本身的体会？这似乎无须讨论，当然，在于本身的体会；别人固然可以代我判定，但是没有办法使我与他同感。譬如别人尽可以向我说大蒜是最爽口的东西，但是我总觉得大蒜的恶臭不堪向迩①；别人又可以向我说这西瓜不好，不要吃吧，但是我总不肯舍弃，因为凡西瓜不论好坏我都爱吃；这有什么办法呢？

那些朝打牌夜打牌的男人们，大概有个职业，他们认定职业是为着吃饭的，天生就一张嘴一副肠胃，就不能不从职业上弄到一点消费的材料；这里头颇含勉强的意思，即使有趣味也淡得很了；不

---

① 不堪向迩：人或事物让人难以接近。

然，为什么工人喜欢歇工，教员爱听放假呢？那些女人们，大概担负大部的家务，她们认定家务是自己先天注定的重负，为男人，为孩子，为全家族，都是不可推诿的；这就未必是心甘情愿的了，似乎说不上有什么趣味；不然，为什么弄口电灯底下，常常有两三个女人在那里互诉家务的辛劳呢？至于一些游手好闲的男女，东家靠一靠就是一两点钟，西家坐一坐就是半天，谈些捉到几个臭虫，昨夜给蚊虫扰了一夜的事，实在也是无可奈何，才做这种无聊的消遣，如果要他们说一声“这很有趣味”，我猜想他们未必愿意答应吧。

人总爱做点有趣味的事，借以消解种种的劳困与无聊。他们有什么事情可做呢？你说，为什么不去欣赏艺术？不错；但是欣赏须得有素养，他们有么？你又说，为什么不去逛公园？不错；但是逛公园男的须穿起洋服，女的也须打扮得体面一点，这岂是人人办得到的事？房屋是丛墓的样子，三家四家的人统统砌在一楼一底里，身也转不得，更不用说北窗消暑，月院乘凉了。好在桌子是现成摆在那里的，骨牌是祖传或新置的，倒不如就此坐拢来，打这么八圈十二圈。心有所注，暑气全消了，蝇蚊也似乎远引了，趣味一。大家说打牌是写意（是苏沪一带人常说的，含有舒服、轻快等意思，这是指舒服）的事，现在居然身为写意的事，同大大小小的写意人一样，趣味二。或者幸运光临，还可以有赢到几个铜元几个银角子的希望，如同中了什么奖券的小彩，趣味三；谁说是没有趣味呢！

其次讲用心思，这尤其是简单不过的。你以用心思为有味，也许人家以不用心思为有味；彼此如果因此争论起来，结果当是谁也不能折服谁。况且向来不曾用过心思的，你定要他非用心思不可，岂不叫他心痛？他们说，麻将之所以使我们欢喜，就在于一点儿用不着费心思；你又有什么话说？

世间不通世务的读书官人究竟不多，做点有趣味的事这个观念究竟是普遍的，于是我们常常听见骨牌声了。

1924 年 8 月 16 日

卖白果

弄堂里边不知不觉笼上昏黄的暮色，一列电灯亮起来了。三三两两的男子和妇女站在各弄的口头，似乎很正经的样子，不知在谈些什么。几个孩子，穿鞋没拔上跟，他们互相追赶，鞋底擦着水门汀地，作“替替”的音响。

这时候，一个挑担的慢慢地走进弄堂来，他向左右观看，顿一顿再向前走两三步。他辨认主顾的习惯就是如此；主顾确是必须辨认的，不然，挑着担子出来难道是闲耍么？走到第四弄的口头，他把担子歇下来了。我们试看看他的担子。后头有一个木桶，盖着盖子，看不见盛的是什么东西。前头却很有趣，装着个小小的炉子，同我们烹茶用的差不多，上面承着一只小镬子①；瓣状的火焰从镬子旁边舔出来，烧得不很旺。在这暮色已浓的弄口，便构成个异样的情景。

他开了镬子的盖子，用一爿②蚌壳在镬子里拨动，同时不很协调地唱起来了：“新鲜热白果，要买就来数。”发音很高，又含有急促的意味。这一唱影响可不小，左弄右弄里的小孩子陆续奔出来了，

---

① 镬（huò）子：半圆底的锅子。

② 爿（pán）：量词，用于整体的部分，相当于“边”“段”“截”。

他们已经神往于镬子里的小颗粒，大人在后面喊着慢点儿跑的声音，对于他们只是微茫的喃喃了。

据平昔的经验，听到叫卖白果的声音时，新凉已经接替了酷暑；扇子虽不至于就此遭到捐弃①，总不是十二分时髦的了；因此，这叫卖声里似乎带着一阵凉意。今年入秋转热，回家来什么也不做，还是气闷，还是出汗。正在默默相对，仿佛要叹息着说无可奈何之际，忽然送来这么带着凉意的一声两声，引起我片刻的幻想的快感，我真要感谢了。

这声音又使我回想到故乡的卖白果的。做这营生的当然不止一个，但叫卖的声调却大致相似，悠扬而轻清②，恰配作新凉的象征；比较这里上海的卖白果的叫卖声有味得多了。他们的唱句差不多成为儿歌，我小时候曾经受教于大人，也模仿着他们的声调唱：

> 烫手热白果，
> 香又香来糯又糯；
> 一个铜钱买三颗，
> 三个铜钱买十颗。
> 要买就来数，
> 不买就挑过。

这真是粗俗的通常话，可是在静寂的夜间的深巷中，这样不徐不疾，不刚劲也不太柔软地唱出来，简直可以使人息心静虑，沉入享受美感的境界。本来，除开文艺，单从声音方面讲，凡是工人所

---

① 捐弃：抛弃。
② 轻清：轻而清澈。

唱一切的歌，小贩呼唤的一切叫卖声，以及戏台上红面孔白面孔青衫长胡子所唱的戏曲，中间都颇有足以移情的。我们不必辨认他们唱的是些什么话，含着什么意思，单就那声调的抑扬徐疾送渡转折等等去吟味；也不必如考据家内行家那样用心，推究某种俚歌源于什么，某种腔调是从前某老板的新声，特别可贵；只取足以悦我们的耳的，就多听它一会；这样，也就可以获得不少赏美的乐趣。如果歌唱的也就是极好的文艺，那当然更好，原是不待说明的。

这里上海的卖白果的叫卖声所以不及我故乡的，声调不怎么好自然是主因，而里中欠静寂，没有给它衬托，也有关系。全里弄的零零碎碎的杂声，里弄外马路上的汽车声，工厂里的机器声，搅和在一起，就无所谓静寂了。即使是神妙的音乐家，在这境界中演奏他生平的绝艺，也要打个很大的折扣，何况是不足道的卖白果的叫卖声呢。

但是它能引起我片刻的幻想的快感，总是可以感谢而且值得称道的。

1924 年 8 月 22 日

深夜的食品

里弄的总门虽然在 9 点钟光景关上了，总门上的小门，仅容一个人出入的，却终夜开着。房主以为这是便利住户的办法，随便什么时候要进要出都可以；门口就有看门人睡在那里，所以疏失①是不至于有的。这想法也许不错，随时可以进出确实便利；然而里弄里边却出了好几回疏失，贼骨头②带着住户的东西走了。这是否由于小门开着的便利，固然不能确凿断定。

我想有一些人必然感激这小门的开着，是不容怀疑的，那就是挑售食品的小贩们。我半夜醒来（这是难得的事），总听见他们的叫卖声："五香茶叶蛋！""火腿热粽子！""五香豆腐干！""桂花白糖莲心粥！"还有些是广东人呼喊的，用心细辨也辨不清，只听见一连串生疏的声音而已。这时候众喧已息，固然有些骨牌声、笑语声、儿啼声在那里支持残局，表示这里弄里的人还没有全部入睡，但究竟不比白天的世界了。这些叫卖声大都是沙哑的；在这样的境界里传送过来，颤颤地，寂寂地，更显出这境界的凄凉与空虚。从这些声音又可以想见发声者的形貌，枯瘦的身躯，耸起的鼻子与颧颊，

---

① 疏失：疏忽失误。

② 贼骨头：吴语词，指小偷。

失神的眼睛，全没有血色的皮肤；他们提着篮子或者挑着担子，举起一步似乎提起一块石头，背脊是弯得像弓了。总之，听了这声音就会联想到《黑籍冤魂》里的登场人物。

有卖东西的，总有吃东西的。谁在深夜里还买这些东西吃呢？这可以断然回答，决不是我们。我家向来是早睡的，至迟也不过 11 点钟（当然也是早起的）。自从搬到乡下去住了三年，沾染了鄙野的习俗，益发实做其太古之民了。太阳还照在屋顶，我们就吃晚饭；太阳没了，我们就“日入而息”，灯自然要点一点的，然而只有一会儿工夫。近来搬到这文明的地方上海来住，论理总该有点进步，把鄙野的习染①洗刷去一部分，但是我们的习染几乎化为本性了；地方虽然文明，与我们的鄙野全不相干，我们还是早吃晚饭早睡觉。有时候朋友来访，我们差不多要睡了，就问他们：“晚饭吃过了吧？”谁知他们回答得很妙：“才吃过晚点，晚饭还差两三个钟头呢。”这使我惭愧了，同时才想起他们是久居上海的，习染自然比我们文明得多。像我们这样的情形，决不会特地耽搁了睡觉，等着买五香茶叶蛋等等东西吃的；更不会一听到叫卖声就从床上爬起来，开门出去买。所以半夜的里弄虽然常常颤颤地寂寂地喊着什么什么东西，而我们绝非他们的主顾。

那么他们的主顾是谁呢？我想那些神明②不衰，通宵打牌的男男女女总该是其中的一部分。他们尚未睡眠，胃的工作并不改弱，到半夜里，已经把吃下去的晚餐消化得差不多了；怎禁得那些又香又甜又鲜美的名称一声声地引诱，自然要一口一口地咽唾沫了。手头赢了一点的呢，譬如少赢了一些，就很慷慨地买来吃个称心如意

① 习染：坏习惯。

② 神明：人的精神。

（黄包车夫在赌场门口候着一个赌客，这赌客正巧是赢了钱的，往往在下车的时候很不经意地给车夫过量的钱，洋钱当作毛钱用；何况五香茶叶蛋等等东西是自己吃下去的，当然格外地慷慨了）。输了的呢，他想借此告一小段落，说不定运气就会转变过来；把肚皮吃得充实些，头脑也会灵敏得多，结果“返本出赢钱”，吃的东西还是别人会钞①。他这么想的时候，就毫不在乎地喊道：“茶叶蛋，来三个！”“莲心粥，来一碗！”

其次，与叫卖者同属黑籍②的人们当然也是主顾。叫卖者正吞饱了土（烟土）皮，吃足了什么丸，精神似乎有点回复，才出来干他们的营生；那些一榻横陈③，一枪自持的，当然也正是宿倦已消，情味弥佳的当儿，他们彼此做个交易，正是适合恰当，两相配合。抽大烟的人大都喜欢吃烫热的东西，有的欢喜吃甜腻的东西。那些待沽的东西几乎全是烫热的，都搁在一个小炉子上，炉子里红红地烧着炭屑；而卖火腿热粽子的，也带着猪油豆沙粽，白糖枣子粽；这可谓恰投所好了；买来吃下去，烫的感觉，甜的滋味，把深夜拥灯的情味益发提起来了，于是又重重地深深地抽上几管烟。

其他像戏馆里游戏场里散归的游人，做夜间工作的像报馆职员之类，还有文明的习染已深，非到两三点钟不睡的居民，他们虽然不觉得深夜之悠悠，或者为着消消闲，或者为着点点饥④，也就喊住过路的小贩买一些东西吃。所以他们也是那些深夜叫卖者的主顾。

我想夜间的劳工们未必是主顾吧。老板伙计一身兼任的鞋匠，扎鞋底往往要到两三点钟；豆腐店里的伙计，黄昏时候就要起身磨

---

① 会钞：付账。
② 黑籍：旧时称吸鸦片等毒物成瘾的人为黑籍中人，也可指黑名单。
③ 横陈：横卧，横躺。
④ 点点饥：稍微吃点东西解饿。

豆腐了；拉夜班的黄包车夫，是义务所在，终夜不得睡觉的，他们负着自己和全家的生命的重担，就是加倍努力地做一夜的工作，也未必能挣得到够买一个茶叶蛋一只火腿粽的闲钱来；他们虽然听着那些又香又甜又鲜美的名称而神往，而垂涎，但是哪里敢真个把叫卖者喊住呢！

他们不敢喊住，对于叫卖者却没有什么影响，据同里弄的人谈起，以及我偶尔醒来的时候听见的，知道茶叶蛋等等是每晚必来的；这足以证明那些东西自会卖完，这一宗营生绝不因为我们这样鄙野的人以及劳工们的不去做成它而会见得衰颓的。

1924 年 8 月 26 日

苍　蝇

住在这里弄里，第一件不如意的事要数苍蝇的纷扰了。晨光才露，我们还没有起来，就听见昏昏的嚷嚷之声。等到一开门，又扑头扑面地飞进许多新客，它们与隔宿留在这里的旧客合伙，于是嚷嚷之声使你心烦意乱，不知如何是好。

市上的苍蝇拍脆弱得可怜，用不到两三天便纱穿柄脱，只剩三四分的效用了。妻不愿意再买，自己去买了一方铁纱，手制成三个苍蝇拍；那铁纱颇结实，拿着虽觉重一些，而所向必能奏功，那是不待试验的。于是妻一个，母一个，孩子也是一个，捕蝇队居然组织起来了；别的都不管，一心一意只在于拍、拍、拍，差不多半天工夫才停手。地上的蝇尸足有一酒杯的容积，若在夸耀武功的人，这也足以“取其鲸鲵而封之，以为京观”了。又把吃饭的桌子、储菜的橱子以及地板都用水冲过抹过，以免招引未来的新客。这时候耳根特别清静，脸上手上也没有刺得痒痒的感觉，大家很安适。

但是，我家没有富翁准富翁家里所有的铁纱门窗。出进是不得不开门的，为要透气，窗又不得不开着；不多一会工夫，不招自至的新客又从门外窗外飞进来了。起初只略见几个在眼前掠过，继而就成轻微的营营，终于是不可堪的骚扰了。

于是捕蝇队继续努力，不休不歇，只是拍、拍、拍。

这样经过了三五天，妻觉得无聊了；几个人什么也不做，却一天到晚不得空，只是拿着这劳什子①拍、拍、拍，算个什么呢！她提议改用捕蝇纸，以为这是以逸待劳，而且或许可以一网打尽的办法。那一天我到租界去，就买了几张捕蝇纸回来。

捕蝇纸上确乎粘住不少苍蝇，到处横飞的现象也似乎觉得好些。至于一网打尽，却还远之又远。那些苍蝇不飞到铺着蝇纸的地方去，犹如野兽在没有陷阱的地方逍遥，就奈何它们不得。有些已经走近了那纸的胶质，用口器或前脚轻轻去探一探，就振翅飞去了。看它们那样轻捷的姿态，似乎故意表示警觉与狡狯。捕蝇纸对它们自然是失败的。为补救这等缺点起见，捕蝇队还是不能退伍，还是要常常拿起这劳什子来拍、拍、拍。

这个里弄在去年还是一片荒地，是粪尿废物的积聚所。苍蝇曾在这一片地上有过一段繁盛的历史，那是可想而知的。自从房屋落成，道路铺好以后，我想去冬未死的老苍蝇定有今昔之感了。幸而还有几个垃圾桶，它们可以在那里长养子孙，绵延族类。里弄中住户大概是“多一事不如少一事”之流，他们开了桶盖，倒了垃圾，转身就走，桶盖就让它开着。他们家里吃了饭或是瓜果，所有骨壳皮核渣滓之类就随手向门外丢，省却一番洒扫的麻烦。这对于苍蝇实在是无上功德：它们在垃圾桶里闷得慌，桶盖开着，就可以自由自在出来看看广大的世界；它们没有可口的东西吃，无谓游行也未必有趣，骨壳之类遍地，就无往而不写意了。安知那营营的声音里，它们不是在唱“被人类劫夺了的领土，现在光复了”的得胜歌呢。

我们觉得苍蝇可厌，希望它们不要来骚扰我们，根本的办法，自然在于做到这里弄里没有苍蝇。简单想想，似乎这一点不难办

---

① 劳什子：方言，使人讨厌的事物。

到。凡是苍蝇的发祥地，如垃圾桶之类，都给它倒些杀虫药水；垃圾桶盖每开必关，骨壳之类一定要倒在垃圾桶内，以免游行的苍蝇饱吃和追逐；捕蝇拍和捕蝇纸家家必备，有飞进门来的，总不让它侥幸生还：这样，不消半个月工夫，就可以做到一个苍蝇都没有了——这算得难办的事么？

怎么能约齐家家户户一起合作呢？这似乎不成问题；我们想起了这办法，就由我们向邻居传说，这是最方便不过简单不过的。除尽了苍蝇，大家舒服，不光是我们一家受到好处，哪会有不赞成的道理？

但是，我们的经验开口了："不然①，大不然。你劝他们把垃圾桶盖关了，他们说偏不高兴关，你怎么样？你劝他们不要把骨壳等物丢在路上，他们说偏爱这么丢，你怎么样？你劝他们扑灭苍蝇，买拍子，买灭蝇纸，他们说没有这等闲钱闲工夫，或者爽性回答你一句，他们不怕什么苍蝇，你又怎么样？所以约齐家家户户一起合作，不过是个梦想罢了！"

经验的那种老练的腔调每足使希望的心爽然若失②；它这样说，我们的办法不就等于无法么？"这个里弄将永远是苍蝇的世界，"我们想，"澄清既无望，还是搬到别处地方，没有苍蝇的地方去住罢。"

但是，这实在是腐败的不道德的思想！我们搬走了，不是就有一家搬来住么？我们怕苍蝇，所以要搬走，却让给了后一家，难道他们就命该受苍蝇的累么？譬如吃一样东西，我们尝了一点儿，发现这是含毒的，就吐掉嘴里的，丢掉手里的，自顾自走开了。人家

---

① 不然：不合理，不对。
② 爽然若失：茫茫然，好像丢失了什么东西一样。

不知道，拣起地上的东西，无心地大嚼起来，结果不是牺牲一命，就是沉疴①三月；这不是我们的罪恶么？所以凡是尝到了毒物，最正当的办法是先把毒物消灭净尽，再进一步，想法制成无毒有益的东西供大家吃；倘若舍此不图，就是腐败，就是不道德！而搬到别处去住的思想正与随手丢掉毒物的情形相仿佛，这怎么能要得！由此类推，住在上海地方的人说上海太污浊，须得离开它；住在中国地方的人说中国太不堪了，须得抛弃它，也同样是腐败的不道德的思想。唯其污浊，唯其不堪，我们一定要住在这里；使它干净，使它像样，是我们最低限度的责任；改造成个灿烂的上海，涌现出个庄严的中国，是我们进一步的努力。到了那个时候，情形又不同了；高兴住的当然住下，想换换空气的就不妨离开，因为与道德不道德的问题没有关系了。

话说开来了，现在回过来：总之，搬到别处去的办法是要不得的。那么，装起铁纱的门窗来，行么？我们并不主张还淳返朴，现在固然未必装得起，可是确乎希望有一天家家户户装起铁纱门窗来。然而，即使家家户户装起了铁纱门窗，若不从扑灭苍蝇这方面下手，苍蝇还是要猖狂的；它们进不了我们的居屋，就在路上扑头扑面地飞舞；偶尔闪了进来，就像进了养老院，终身隐居于此了。

至此，我们可以制定一句格言：“我们嫌苍蝇讨厌，只有一法，就是扑灭它们。”

而单独扑灭之不能收获，我们的经历已经证明了；所以上面的格言还得修正为以下的说法：“我们嫌苍蝇讨厌，只有一法，就是联合邻里共同扑灭它们。”

---

① 沉疴（kē）：久治不愈的病。

这真像苏州城外坐马车，绕了一个圈子，依旧回到原地方了。我们的经验不是已经说过，这是个梦想么？

不错，我们的经验确曾这么说。但是，一切梦想如能不致发生，发生之后如能马上消散，那自然没有什么；设或不能，梦想在前头诱引着，我们在这里可望而不可即，总是一种莫甚的懊丧。这只有奋力向前，终于跨进梦想的实境，把经验先生的见解修正一下，才能彻底排除这种懊丧。除此之外，再没有丝毫的办法，唯有终于懊丧而已。

所以我们要扑灭苍蝇，想联合邻里通力合作，虽然被经验先生嗤为梦想，我们却只有走这一条路。怀着梦想的既是我们，当然先由我们向邻里们一一传告。这当儿，“偏要这样，不高兴那样”的回声是必然会有的，但这算得了什么！给孩子们吃药，不是总回你个哭脸么？我们还是凭我们的真诚与理由，锲而不舍地向他们陈诉。总有一天，他们会觉得垃圾桶是非关不可的，骨壳等物是非当心收拾不可的，买蝇拍灭蝇纸并非浪费的开支，拍拍苍蝇并非无聊的消遣；总而言之，他们也觉得苍蝇是必须扑灭的了。于是通力合作，处处注意，不消半个月，苍蝇就可以销声绝迹。于是在这原先苍蝇猖狂的里弄中，也得享受没有一个苍蝇的欢乐。

这当然是大众的舒服。然而我们得以享受这舒服，不得不感激邻里们的明达与努力；因为他们是我们仅有的伙伴，如果他们不明达不努力，灭尽苍蝇依然只是我们的梦想。

说了一大堆话，苍蝇还是三三五五在眼前飞舞着。但我们的路是决定了，其要旨如上述，今后就照此做去。

末了想蛇足地说一句：扑灭苍蝇是如此，扑灭类似苍蝇的任何事物，也是如此，唯有去找我们仅有的伙伴，唯有靠着伙伴们的明达与努力。

再蛇足一句：一个人如其不能够扑灭里弄里的苍蝇，再也不用抱着扑灭类似苍蝇的东西的梦想了——因为无非徒然抱着个梦想而已。

1924 年 8 月 29 日

一件烂棉袄

家传的一件烂棉袄，破到几乎不像棉袄了，棉絮露出来了，沾了灰尘垢污，同蓝布面子一样转成油光光的黑。

冷呀冷！风穿过棉袄的罅隙①，刺着肩膀，刺着腋下，刺着背心，也刺着前胸。受不住呀，受不住呀，于是勉勉强强去买一件新的，这自然是为的要活。

古语云，衣食足而后知礼义，现在脱一句调（仅仅脱调②），新袄来而后摆架子。不行，不行，没有一件旧棉袄，没有一件烂棉袄，不就证明向来没有穿过棉袄么？没有穿过棉袄，当然也没有穿过短衫，也没有穿过长袍，这不就是裸体么？裸体是野蛮，比亡国奴更可耻；亡国奴犹可，一向是裸体，其辱不可堪。——这样想的时候，就庄重地把那件烂棉袄捡起来。

那件烂棉袄有历史呢。二十四世祖穿了它去吃邻村的喜酒，曾邀一位戴红花的大姑娘瞟过一眼；十八世祖请他的仇人吃清脆的巴掌，博得旁人一阵喝彩的时候，也正穿着它；除此以外，列代祖宗逢到婚丧喜庆总穿着它。仿佛觉得身躯扩大了，高举了，尽扩大，

---

① 罅（xià）隙：缝隙。

② 脱调：调侃。

尽高举，巍巍乎，巍巍乎，俯视“你们”，俯视“他们”，何藐小乃尔！何低微乃尔！华胄①是我，大国民是我，什么什么全是我，总之，好的都在我这里——于是重新披上那件烂棉袄；心情与先前不同了，似乎一点儿没有风，似乎穿着锦绣那样光辉。

一切的棉袄简直不在眼里，无论是新裁原旧，无论是杭纺湖绉，我有我的烂棉袄，尽够安身立命的了。作诗曰：

我不想歌唱杭纺的柔软，
我不想歌唱丝棉的轻暖，
我不上衣庄也不找裁缝，
你穿得漂亮我也不爱看；

我有祖宗传下来的蓝布袄，
它的历史那么长那么荣耀，
你有么？你有么？
拖一片，挂一块，胜过皇帝的龙袍。

风自然照旧穿过棉袄的罅隙，刺着身体的露出的部分。但是关什么紧要呢？耽②了禅悦③似的，早已“似乎一点儿没有风”了。而要活的事，在禅悦里本来是不成问题的，自可不提。

1925 年 5 月

---

① 华胄（zhòu）：贵族的后代。
② 耽：沉溺，喜好过度。
③ 禅悦：修行使心情安乐轻快。

几种赠品

两个月前，接到厦门寄来的一封信。拆开来看，是不相识的广洽和尚写的；附带赠给我一张弘一法师最近的相片。信上说我曾经写过那篇《两法师》，一定乐于得到弘一法师的相片。料知人家欢喜什么，就让人家享有那种欢喜，遥远的阻隔不管，彼此还没相识也不管！这种情谊是非常可感的。我立刻写信回答广洽和尚；说是谢，太浮俗①了，我表示了永远感激的意思。

相片是六寸的，并非“艺术相片”，布局也平常，跟身旁放着茶几，茶几上供着花盆茶盅的那些相片差不多。寺院的石墙作为背景，正受阳光，显得很亮；靠左一个石库门，门开着，画面就有了乌黑的长方形。地上铺着石板，平，干净。近墙种一棵树，比石库门高一点儿，平行脉叶很阔大，不知道是什么；根旁用低低的石栏围成四方形，栏内透出些兰草似的东西。一张半桌放在树前面，铺着桌布；陈设的是两叠经典，一个装着画佛的镜框子，还有一个花瓶，瓶里插着菊科的小花。这真所谓一副拍照的架子；依弘一法师的艺术眼光看来，也许会嫌得太呆板了；然而他对不论什么都欢喜满足，人家给他这样布置了请他坐下来的时候，他大概连连地说“好

① 浮俗：浅薄粗俗。

的，好的”吧。他端坐在半桌的左边；披着袈裟，折痕很明显；右手露出在袖外，拈着佛珠；脚上还是穿着行脚僧的那种布缕纽成的鞋。他现在不留胡须了，嘴略微右歪，眼睛细小，两条眉毛距离得很远；比较前几年，他显得老了，可是他的微笑里透露出更多的慈祥。相片上题着十个字：“甲戌九月居晋水兰若造”，是他的亲笔；照相师给印在前方垂下来的桌布上，颇难看。然而，我想，他看见的时候，大概也是连连地说“好的，好的”吧。

收到了照片以后不多几天，弘一法师托人带来两个瓷碟子，送给丐尊先生跟我。郑重地封裹着，一张纸里面又是一张纸；纸面写上嘱咐的话，请带来的人不要重压。贴着碟子有个字条子：“泉州土产瓷碟二个，绘画美丽，堪与和兰瓷媲美，以奉丐尊圣陶二居士清赏。”演音书法极随便，不像他写经语佛号的字幅那样谨严，然而没有一笔败笔，通体秀美可爱。

瓷碟子的直径大约三寸，土质并不怎样好，涂上了釉，白里泛点儿青；跟上海缸甏店里出卖的最便宜的碗碟差不多。中心画着折枝；三簇叶子像竹叶，另外几簇却又像蔷薇；花三朵，都只有阔大的五六瓣，说不来像什么；一只鸟把半朵花掩没了，全身轮廓作半月形，翅膀跟脚都没有画。叶子着的淡绿；花跟鸟头，淡朱；鸟身和鸟眼是几乎辨不清的淡黄。从笔姿跟着色看，很像小学生的美术课作业。和兰瓷是怎样的，我没有见过；只觉得这碟子比那些金边的画着工细的山水人物的可爱。可爱在哪里，贪图省力的回答自然只消说“古拙”二字；要说得精到些，恐怕还有旁的道理呢。

前面说起照片，现在再来记述一张照片。贺昌群先生游罢华山，寄给我一张十二寸的放大片。前几年他在上海，亲手照的相我见过好些，这一张该是他的“得意之作”了。

这一张是直幅，左边峭壁，右边白云，把画面斜分成两半。一条栈道从左下角伸出来，那是在山壁上凿成的仅能通过一个人的窄路；靠右歪斜地立着木栏杆，有几个人扶着木栏杆向上走。路一转往左，就只见深黑的一道裂缝；直到将近左上角，给略微突出的石壁遮没了。后面的石壁有三四处极大的凹陷，都深黑，使人想那些也许是古怪的洞穴。所有的石壁完全赤裸裸的，只后面的石壁的上部挺立着一丛柏树：枝条横生，疏疏落落地点缀着细叶，类似“国画”的笔法。右边半幅白云微微显出浓淡；右上角还有两搭①极淡的山顶，这就不嫌寂寞，勾引人悠远的想象。——这里叫作长空栈，是华山有名的险峻处所。

最近接到金叶女士封寄的两颗红豆。附信大意说，家乡寄来一些红豆，同学看见了，一抢而光。这两颗还是偷偷地藏起来的，因为好玩，就寄给我。过一些时，还要变得鲜艳呢。从小读“红豆生南国”的诗，就知道红豆这个名称，可是没有见过实物。现在金叶女士使我长些见识，自然欢喜。

红豆作扁荷包形，跟大豆蚕豆绝不相像。皮朱红色，光泽；每面有不规则形的几搭略微显得淡些。一条洁白的脐生在荷包开口的部分，像小孩的指甲。红豆向来被称为树，而有这生在荚内的果实，大概是紫藤一般的藤本。豆粒很坚硬，听说可以久藏。如果拿来镶戒指，倒是别有意趣的。

这里记述了近来得到的几种赠品。比起名画跟古董来，这些东西尤其可贵，因为这些东西浸渍着深厚的情谊。

1935 年

① 搭：块、处。

过　节

逢到节令，我们遵照老例祭祖先。苏州人把祭祖先特称为“过节”，别地方人买一些酒菜，大家在节日吃喝一顿，叫作“过节”；苏州人对于这两个字似乎没有这样用法。

过节以前，母亲早已把纸锭折好了。纸锭的原料是锡箔，是绍兴地方的特产。前几年我到绍兴，在一个土山上小立，只听得密集的市屋间传出达达的声音，互相应答，就是在那里打锡箔。

我家过节共有三桌。上海弄堂房子地位狭窄，三桌没法同时祭，只得先来两桌，再来一桌。方桌子仅有一只，只得用小圆桌凑数。本来是三面设座位的，因为椅子不够，就改为只设一面。杯筷碗碟拿不出整齐的全套，就取杂色的来应用。蜡盏弯了头。香炉里香灰都没有，只好把三支香搁在炉口就算。总之，一切都马虎得很。好在母亲并不拘于成规，对于这一切马虎不曾表示过不满。但是我知道，如果就此废止过节，一定会引起她的不快。所以我从没有说起废止过节。

供了香，斟了酒，接着就是拜跪。平时太少运动了，才过四十岁，膝关节已经硬化，跪下去只觉得僵僵的，此外别无所思。在满坐的祖先中间，记忆得最真切的是父亲与叔父，因为他们过世最后。但是我不能想象他们与十几位祖先挤坐在两把椅子上举杯喝酒举筷吃菜的情状。又有一个十一岁上过世的妹妹，今年该三十八了，母亲每次给她特设一盘水果，我也不能想象她剥橘皮吐桃核的情状。

从前父亲叔父在日，他们的拜跪就不相同。容貌显得很肃穆，一跪三叩之后，又轻轻叩头至数十回，好像在那里默祷，然后站起来，恭敬地离开拜位。所谓“祭如在”，“临事而敬”，他们是从小就成为习惯了的。新教育的推行与时代的转变把古传的精灵信仰打破，把儒家的报本返始的观念看得并没有什么了不起，于是“如在”即“如”不起来，“临事”自不能装模作样地虚“敬”，只成为一种毫无意义的例行故事：这原是必然的。

几个孩子有时跟着我拜，有时说不高兴拜，也就让他们去。焚化纸锭却是他们欢喜干的事，在一个搪瓷面盆里慢慢地把纸锭加进去，看它们给火焰吞食，一会儿变成白色的灰烬，仿佛有冬天拨弄炭火盆那种情味。孩子们所知道的过节，第一自然是吃饭时有较好较多的菜；第二，这是家庭里的特种游戏，一年内总得表演几回的。至于祖先会扶老携幼到来，分着左昭右穆坐定，吃喝一顿之后，又带着钱钞回去：这在孩子是没法想象的，好比我不能想象父亲叔父会到来参加这家族的宴飧①一样。从这一点想，虽然逢时过节，对于孩子大概不至于有害吧。

1935 年

---

① 飧（sūn）：晚饭。

骑　马

我小时候，苏州地方还没有人力车，代步的是轿子和船。一些墙门人家的女眷，即便要去的地方就在本城，出门总要依靠这两种交通工具。男人呢，为了比较体面的庆吊①应酬出门大都坐轿子，往城外乡间去上坟访友大都坐船，平时出门，好在至多不过三四条巷，那就走走罢了。

那时候已经通行了脚踏车，可是很少见。骑脚踏车的无非是教会里的外国人，以及到过上海得风气之先的时髦小伙子。偶然看见一个人骑着脚踏车在铺着小石块的路上经过，抖抖抖抖的似乎要把浑身的骨节都震得发酸，在几乎肩贴肩走着的两个人中间，只这么一闪就擦过去了：这使大家感到新奇，不免停了脚步回过头去望那好像只有一片的背影。

与脚踏车一样需要自己驾驭的，还有驴子和马。可是骑驴子和马，意义不纯在代步，把它当作玩意儿的居多。骑了驴子往玄妙观去吧，骑了马往虎丘去吧，并不为玄妙观和虎丘路远走不动，却在于借此题目尝一尝控纵驰骋的快乐。

一般人对于驴子和马，用两样的眼光来看待。驴子，那长耳朵

---

① 庆吊：庆贺与吊慰。亦指喜事与丧事。

的灰黑色的畜生，饲养它的只是借此为生的驴夫，一匹驴子又不值几个钱，所以大家不把它看作奢侈品。无论是谁，骑骑驴子，还不至于惹人非议。马，那昂然不群的畜生，可不同了，虽然多数的马也由马夫饲养，但是很有几个浮华的少爷名门的败家子也养着马，所以大家都把马看作要不得的奢侈品。谁如果骑着马在路上经过，有些相识的人就不免窃窃私语，某人堕落了，他竟骑起马来了。这种想法，在别的事例上也常常可见。从前我们地方一些规矩人都不爱穿广东的拷绸①，因为拷绸是所谓“流氓”之类惯用的衣料。马既是浮华的少爷名门的败家子的玩意儿，规矩的有教养的人当然不应该骑：这好像是很周密的推理。

当时我们一班中学生可没有顾到这一层，一时高兴，竟兴起了骑马的风尚。原由是有一个同学在陆军小学待过一年，他会骑马，把骑马的趣味说得天花乱坠，大家听得痒痒的，都想亲自试一试。刚好学校近旁有一片兵营里的校场，校场东边是一条宽阔的道路，两旁栽着柳树，正是试马的好所在。马夫养马的草棚又正在校场的西北角，花一角钱，就可以去牵一匹出来，骑它一个钟头。于是你也去试骑，我也去试骑，最盛的时候竟有二十多人同时玩这宗新鲜玩意儿。

现在马背上大都用西式皮鞍子了，从前却用木鞍子。十三四岁的人，站在平地，头顶就高出木鞍子不多，要用两手按着鞍子，左脚踏在踏镫②里，让身子顺势一耸跨上马背，这是一连串并不容易的动作。马好像知道骑马的人本领的高低似的，生手跨上去，它就歪着头只是将身子旋转，这又是很难制服的。这当儿，马夫和朋友的

---

① 拷绸：也叫拷纱，一种丝织物。
② 踏镫：即马镫。

帮助自属必要了，拉缰绳的拉缰绳，托身子的托身子，一阵子的乱嚷嚷，生手居然坐上了鞍子。于是把缰绳接在手里，另一只手按着鞍子，再也不敢放松。那畜生如果是比较驯良的，以为一切都已停当，肯规规矩矩走这么几步，初学的人就心花怒放了。

但是这样按着鞍子骑马叫作“请判官头”，是最不漂亮的姿势。多骑了几回，自然想把手放松，不再去“请”那“判官头”。同时拉缰绳的一只手也要学着去测验马的“口劲”，试探马的脾气，准备在放松一点儿或是扣紧一点儿的几微①之间操纵胯下的畜生。

通常以为骑马就是让屁股服服帖帖坐在鞍子上。其实不然，得在大腿里侧用劲，把马背夹住，屁股部分却是脱空的。如果不用腿劲，在马“跑开”的时候不免要倒翻下来，两只脚虽然踏在踏镫里，也没有多大用处。这腿劲自然要从锻炼得来。我骑了好几回马，腿劲未见增强多少，可是站到地上，坐到椅子上，只觉得两条腿和腰部都是僵僵的了。

让马走慢走，称为“骑老爷马”，最没有趣味。那是一步一拍的步调，马头一颠一颠的，与婚丧的仪仗中执事人员所骑的马一样。我们都不爱“骑老爷马”，至少得叫它“小走”。“小走”是较为急促的步调，说得过甚些，前后左右四个蹄几乎同时离地，也几乎同时着地。各匹马的脾气不同，有的须把缰绳放松，有的却须扣紧；有的须略一放松随即扣紧，有的却须向上一提，让它的头偏左或是偏右一点儿；只要摸着它的脾气，它就会了意，开始“小走”了。好的马四条腿虽然在急速的运动，身子可绝不转侧，总是很平稳的前进。骑到这样的马是一种愉快，挺着身躯，平稳的急速的向前，耳朵旁边响着飕飕的风，柳树的枝条拂着头顶和肩膀，于是仿佛觉得

---

① 几微：细微。

跑进了古人什么诗句的境界中了。

至于“跑开”，那又是另一种步调：前面两个蹄同时着地，随即后面两个蹄离地移前，同时着地，接着前面两个蹄又同时跨出去了。这里所谓着地实在并不“着”，只能说是非常轻快地在地上“点”一下。在前面两个蹄点地和后面两个蹄点地之间，时间是极其短促的。这当儿，马身一高一低，约略成一条曲线前进。骑马的人一高一低的飞一般的向前，当然爽快不过，有凌云腾空的气概。但是腿劲如果差点儿，这种爽快很难尝试，尝试的时候不免要吃亏。

有一回，我就这样从马上摔了下来。那一天，我跟在那个进过陆军小学的同学的后面，在我背后还有好几匹马。起初是“小走”，忽然前面的那个同学把缰绳一扣，他的马开始“跑开”了。我的马立即也换了步调。我没有提防，大概马跑了两三步，我就往左侧里倒翻下来。后面的几匹马怎么一脚也不曾踩着我，我至今还不明白。当时如果有一个马蹄踩着我的脑壳或是胸膛，我的生命早在中学二年级时候结束了。

我摔了下来就不省人事，醒来的时候，很觉得奇怪，我是通学生，怎么睡在寄宿舍里的一张床上！又好像时间很晚了，已经吃过晚饭。其实还是上午十一点过后，我只昏迷了一点钟多一点儿。想了一会，才把刚才的事想起来。坐起来试试，居然没有什么痛苦，只觉得浑身软软的，像病后起身的光景。我赶紧跑回家，像平时一样吃午饭，绝不提摔跤的事——在外面骑马，我从来不曾在父母面前提起过。直到前几年，儿子在外面试着骑马，回来谈他的新经验，我才把那回摔跤的事说出来。母亲听了，微皱着眉头说：“你不回来说，我们在家里哪里知道这种危险的事，还是不要去试的好。”她现在为孙儿担心了。

当时我们骑马，现在想起来，在教师该是桩讨厌的事儿。那时候学校比较放任，校长是一个自以为维新的人物，虽然不曾明白提倡骑马，对于其他运动却颇着力鼓励。七八匹马在学校墙外跑过，铃声蹄声闹成一片，他绝不会不知道。他为什么不禁止呢？大概以为这也是一项运动，不妨任学生去练习吧。但是多数教师却受累了。他们有一般人的偏见，以为骑马是不端的行为，眼睁睁地看学生骑着马在旁边跑过，总似乎有失体统。于是有故意低着头走过去，假作不知道马背上是什么人的，也有远远望见学生的马队在前面跑来，立刻回身，或者转向从别一条路走去的。他们一定在怨恨学生，为什么不肯体谅教师，离开学校远一点儿去练习你们的骑术呢！

1937 年

书　桌

十多年前寄居乡下的时候，曾经托一个老木匠做一张书桌。我并不认识这个老木匠，向当地人打听，大家一致推荐他，我就找他。

对于木材，我没有成见，式样也随便，我只要有一张可以靠着写写字的桌子罢了。他代我作主张，用梧桐，因为他那里有一段梧桐，已经藏了好几年，干了。他又代我规定桌子的式样。两旁边的抽屉要多少高，要不然装不下比较累赘的东西。右边只须做一只抽屉，抽屉下面该是一个柜子，安置些重要的东西，既见得稳当，取携又方便。左右两边里侧的板距离要宽些，要不然，两个膝盖时时触着两边的板，就感觉局促，不舒服。我样样依从了他，当时言明工料价六块钱。

过了一个星期，过了半个月，过了二十多天，不见他把新书桌送来。我再不能等待了，特地跑去问他。他指着靠在阴暗的屋角里的一排木板，说这些就是我那新书桌的材料。我不免疑怪，二十多天功夫，只把一段木头解了开来！

他看出我的疑怪，就用教师般的神情给我开导。说整段木头虽然干了，解了开来，里面还未免有点儿潮。如果马上拿来做家伙，不久就会出毛病，或是裂一道缝，或是接榫处松了。人家说起来，这是某某做的“生活”，这么脆弱不经用。他向来不做这种“生活”，也向来没有受过这种指摘。现在这些木板，要等它干透了，才好动手做书桌。

他恐怕我不相信，又举出当地的一些人家来，某家新造花厅，添置桌椅，某家小姐出阁准备嫁妆，木料解了开来，都搁在那里等待半年八个月再上手呢。“先生，你要是有工夫，不妨到他们家里去看看，我做的家伙是不容它出毛病的。”他说到“我做的家伙”，黄浊的眼睛放射出夸耀的光芒，宛如文人朗诵他的得意作品时候的模样。

我知道催他快做是无效的，好在我并不着急，也就没说什么催促的话。又过了一个月，我走过他门前，顺便进去看看。一张新书桌站在墙边了，近乎乳白色的板面显出几条年轮的痕迹。老木匠正弯着腰，几个手指头抵着一张“沙皮”，在摩擦那安抽屉的长方孔的边缘。

我说再过一个星期，大概可以交货了吧。他望望屋外的天，又看看屋内高低不平的泥地，摇头说：“不行。这样干燥的天气，怎么能上漆呢？要待转了东南风，天气潮湿了，上漆才容易干，才可以透入木头的骨子里去，不会脱落。”

此后下了五六天的雨。乡下的屋子，室内铺着方砖，每一块都渗出水来，像劳工背上淌着汗。无论什么东西，手触上去总觉得黏黏的。穿在身上的衣服也散发出霉蒸气。我想，我的新书桌该在上漆了吧。

又过了十多天，老木匠带同他的徒弟把新书桌抬来了。栗壳色，油油地发着光亮，一些陈旧的家具有它一比更见得黯淡失色了。老木匠问明了我，就跟徒弟把书桌安放在我指定的地位，只恐徒弟不当心，让桌子跟什么东西碰撞，因而擦掉一点儿漆或是划上

一道纹路，他连声发出“小心呀”“小心呀”的警告。直到安放停当了，他才松爽地透透气，站远一点儿，用一只手摸着长着灰色短须的下巴，悠然地鉴赏他的新作品。我交给他六块钱，他随便看了一眼就握在手心里，眼光重又回到他的新作品。最后说：“先生，你用用看，用了些时，你自然会相信我做的家伙是可以传子孙的。”他说到“我做的家伙”，夸耀的光芒又从他那黄浊的眼睛放射出来了。

以后十年间，这张书桌一直跟着我迁徙。搬运夫粗疏的动作使书桌添上不少纹路。但是身子依旧很结实，接榫处没有一点儿动摇。直到“一·二八”战役，才给毁坏了。大概是日本军人刺刀的功绩。以为锁着的柜子里藏着什么不利于他们的东西，前面一刀，右侧一刀，把两块板都划破了。左边只有三只抽屉，都没有锁，原可以抽出来看看的，大概因为军情紧急吧，没有一只一只抽出来看的余裕，就把左侧的板也划破了，而且拆了下来，丢在一旁。

事后我去收拾残余的东西。看看这张相守十年的书桌，虽然像被残害的尸体一样，肚肠心肺都露出来了。可是还舍不得就此丢掉。于是请一个木匠来，托他修理。木匠说不用抬回去，下一天带了材料和家伙来修理就是了。

第二天下午，我放工回家，木匠已经来过，书桌已经修理好了。真是看了不由得生气的修理！三块木板刨也没刨平。边缘并不嵌入木框的槽里，只用几个一寸钉把木板钉在木框的外面。涂的是窑煤似的黑漆，深一搭，淡一搭，仿佛还没有刷完工的黑墙头。工料价已经领去，大洋一块半。

我开始厌恶这张书桌了。想起制造这张书桌的老木匠，他那种一丝不苟的态度，简直使缺少耐性的人受不住，然而他做成的家伙却是无可批评的。同样是木匠，现在这一个跟老木匠比起来，相差太远了。我托他修理，他就仅仅按照题目做文章，还我一个修理。

木板破了，他给我钉上不破的。原来涂漆的，他也给我涂上些漆。这不是修理了吗？然而这张书桌不成一件家伙了。

同样的事在上海时时会碰到。从北京路那些木器店里买家具，往往在送到家里的时候就擦去了几处漆，划上了几条纹路。送货人有他的哲学。你买一张桌子，四把椅子，总之送给你一张桌子，四把椅子，绝不短少一件。擦去一点儿漆，划上几条纹路，算得什么呢！这种家具使用不久，又往往榫头脱出了，抽屉关不上了，叫你看着不舒服。你如果去向店家说话，店家又有他的哲学给你作答。这些家具在出门的时候都是好好的，总之我们没有把破烂的东西卖给你。至于出门以后的事，谁管得了！这可以叫作“出门不认货”主义。

又譬如冬季到了，你请一个洋铁匠来给你装火炉。火炉不能没有通气管子，通气管子不能没有支持的东西，他就横一根竖一根地引出铅丝去，钉在他认为着力的地方。达，达，达，一个钉子钉在窗框下。达，达，达，一个钉子钉在天花板上。达，达，达，一个钉子钉在墙壁上。可巧碰着了砖头，钉不进去，就换个地方再钉。然而一片粉刷已经掉了下来，墙壁上有了伤疤了。也许钉了几回都不成功，他就凿去砖头，嵌进去一块木头。这一回当然钉牢了，然而墙壁上的伤疤更难看了。等到他完工，你抬起头来看，横七竖八的铅丝好似被摧残的蜘蛛网，曲曲弯弯伸出去的洋铁管好似一条呆笨的大蛇，墙壁上散布着伤疤好像谁在屋子里乱放过一阵手枪。即使火炉的温暖能给你十二分舒适，看着这些，那舒适不免要打折扣了。但是你不能怪洋铁匠，他所做的并没有违反他的哲学。你不是托他装火炉吗？他依你的话把火炉装好了。还有什么好说呢？

倘若说乡下那个老木匠有道德，所以对于工作不肯马虎，上海的工匠没有道德，所以只图拆烂污①，出门不认货，不肯为使用器物的人着想，这未免是拘墟之见。我想那个老木匠，当他幼年当徒弟的时候，大概已经从师父那里受到熏陶，养成了那种一丝不苟的态度了吧。而师父的师父也是这么一丝不苟的，从他的徒孙可以看到他的一点儿影像。他们所以这样，为的是当地只有这么些人家做他们永远的主顾，这些人家都是相信每一件家伙预备传子孙的，自然不能够潦潦草草对付过去。乡下地方又很少受时间的催迫。女儿还没订婚，嫁妆里的木器却已经在置办了。定做了一件家具，今天拿来使用跟下一个月拿来使用，似乎没有什么分别，甚至延到明年拿来使用也不见得怎样不方便。这又使他们尽可以耐着性儿等待木料的干燥和天气的潮湿。更因主顾有限，手头的工作从来不会拥挤到忙不过来，他们这样从从容容，细磨细琢，一半自然是做“生活”，一半也就是消闲寄兴的玩意儿。在这样情形之下做成的东西，固然无非靠此换饭吃，但是同时是自己精心结撰②的制作，不能不对它发生珍惜爱护的心情。总而言之，是乡下的一切生活方式形成了老木匠的那种态度。

都市地方可不同了。都市地方的人口是流动的，同一手艺的作场到处都有，虽不能说没有老主顾，像乡下那样世世代代请教某一家作场的老主顾却是很少的。一个工匠制造了一件家具，这件家具将归什么人使用，他无从知道。一个主顾跑来，买了一两件东西回去，或是招呼到他家里去为他做些工作，这个主顾会不会再来第二回，在工匠也无从预料。既然这样，工作潦草一点儿又何妨？而且，都市地方多的是不嫌工作潦草的人。每一件东西预备传子孙的

---

① 拆烂污：比喻不负责任，把事情弄得难以收拾。
② 结撰：指园林建筑的构思及布局。

观念，都市中人早已没有了（他们懂得一个顶扼要的办法，就是把钱传给子孙，传了钱等于什么都传下去了）。代替这个观念的是想要什么立刻有什么。住亭子间的人家新搬家，看看缺少一张半桌，跑出去一趟，一张半桌载在黄包车上带回来了，觉得很满意。住前楼的文人晚上写稿子，感到冬天的寒气有点儿受不住，立刻请个洋铁匠来，给装上个火炉。生起火炉来写稿子，似乎文思旺盛得多。富翁见人家都添置了摩登家具，看看自己家里，还一件也没有，相形之下不免寒伧，一个电话打出去，一套摩登家具送来了。陈设停当之后，非常高兴，马上打电话招一些朋友来叙叙。年轻的小姐被邀请去当女傧相了，非有一身“剪刀口里”的新装不可，跑到服装公司里，一阵挑选和叮嘱，质料要时髦，缝制要迅速，临到当女傧相的时刻，心里又骄傲又欢喜，仿佛满堂宾客的眼光一致放弃了新娘而集中在她一个人身上似的。当然，“想要什么”而不能“立刻有什么”的人居大多数，为的是钱不凑手。现在单说那些想要什么立刻有什么的，他们的满足似乎只在“立刻有什么”上，要来的东西是否坚固结实，是否能够用得比较长久，他们是不问的。总之，他们都是不嫌工作潦草的人。主顾的心理如此，工匠又何苦一定要一丝不苟？都市地方有一些大厂家，设着验工的部分，检查所有的出品，把不合格的剔出来，不让它跟标准出品混在一起，因而他们的出品为要求形质并重的人所喜爱。但是这种办法是厂主为要维持他那“牌子”的信用而想出来的，在工人却是一种麻烦，如果手制的货品被认为不合格，就有罚工钱甚至停工的灾难。现在工厂里的工人再也不会把手制的货品看作艺术品了。他们只知道货品是玩弄他们生命的怪物，必须服事①了它才有饭吃，可是无论如何吃不

① 服事：臣服听命。

饱。——工人的这种态度和观念，也是都市地方的一切生活方式形成的。

近年来乡下地方正在急剧地转变，那个老木匠的徒弟大概要跟他的师父以及师父的师父分道扬镳了。

1937 年

春联儿

出城回家常坐鸡公车①。十来个推车的差不多全熟识了，只要望见靠坐在车座上的人影儿，或是那些抽叶子烟的烟杆儿，就辨得清谁是谁。其中有个老俞，最善于招揽主顾，见你远远儿走过去，就站起来打招呼，转过身子，拍拍草垫，把车柄儿提在手里。这就叫旁的车夫不好意思跟他竞争，主顾自然坐了他的。

老俞推车，一路跟你谈话。他原籍眉州，苏东坡的家乡，五世祖放过道台，只因家道不好，到他手里流落到成都。他在队伍上当过差，到过雅州和打箭炉②。他做过庄稼，利息薄，不够一家子吃的，把田退了，跟小儿子各推一挂鸡公车为生。大儿子在前方打国仗，由二等兵升到了排长，隔个把月二十来天就来封信，封封都是航空挂。他记不清那些时常改变的地名儿，往往说："他又调动了，调到什么地方——他信封上写得清清楚楚，下回告诉你老师吧。"

有三四回出城没遇见老俞。听旁的车夫说，老俞的小儿子胸口害了外症，他娘听信邻舍妇人家的话，没让老俞知道请医生给开了刀，不上三天就死了。老俞哭得好伤心，哭一阵子跟他老婆拼一阵

① 鸡公车：历史非常悠久的独轮车。

② 打箭炉：古地名，今四川甘孜藏族自治州的政治中心——康定市。

子命。哭了大半天才想起收拾他儿子，把两口猪卖了买棺材。那两口猪本来打算腊月间卖，有了这本钱，他就可以做些小买卖，不再推鸡公车，如今可不成了。

一天，我又坐老俞的车。看他那模样儿，上下眼皮红红的，似乎喝过几两干酒，颧骨以下的面颊全陷了进去，左边陷进更深，嘴就见得歪了。他改变了往常的习惯，只顾推车，不开口说话，呼呼的喘息声越来越粗，我的胸口，也仿佛感到压迫。

“老师，我在这儿想，通常说因果报应，到底有没有？”他终于开口了。

我知道他说这个话的所以然，回答他说有或者没有，同样嫌啰嗦，就含糊其词应接道：“有人说有的，我也不大清楚。”

“有的吗？我自己摸摸心，考问自己，没占过人家的便宜，没糟蹋过老天爷生下来的东西，连小鸡儿也没踩死过一只，为什么处罚我这样凶？老师，你看见的，长得结实干得活儿的一个孩儿，一下子没有了！莫非我干了什么恶事，自己不知道。我不知道，可以显个神通告诉我，不能马上处罚我！”

这跟《伯夷列传》里的“天之报施善人其何如哉！”“倘所谓天道是耶非耶？”是同样的调子，我想。我不敢多问，随口说：“你把他埋了？”

“埋了，就在邻舍张家的地里。两口猪，卖了四千元，一千元的地价，三千元的棺材——只是几片薄板，像个火柴盒儿。”

“两口猪才卖得四千元。”

“腊月间卖当然不止，五千六千也卖得。如今是你去央求人家，人家买你的是帮你的忙，还论什么高啊低的。唉，说不得了，孩子死了，猪也卖了，先前想的只是个梦，往后还是推我的车子——独个儿推车子，推到老，推到死！”

我想起他跟我同岁，甲午生，平头五十，莫说推到死，就是再推上五年六年，未免太困苦了。于是转换话头，问他的大儿子最近有没有信来。

“有，有，前五天接了他的信。我回复他，告诉他弟弟死了，只怕送不到他手里，我寄了航空双挂号。我说如今只剩你一个了，你在外头要格外保重。打国仗的事情要紧，不能叫你回来，将来把东洋鬼子赶了出去，你赶紧就回来。”

“你明白。”我着实有些激动。

“我当然明白。国仗打不赢，谁也没有好日子过，第一要紧是把国仗打赢，旁的都在其次。——他信上说，这回作战，他们一排弟兄，轻机关枪夺了三挺，东洋鬼子活捉了五个，只两个弟兄受了伤，都在腿上，没关系。老师，我那儿子有这么一手，也亏他的。”

他又琐琐碎碎地告诉我他儿子信上其他的话，吃些什么，宿在哪儿，那边的米价多少，老百姓怎么样，上个月抽空儿自己缝了一件小汗褂，鬼子的皮鞋穿上脚不及草鞋轻便，等等。我猜他把那封信总该看了几十遍，每个字都让他嚼得稀烂，消化了。

他似乎暂时忘了他的小儿子。

新年将近，老俞要我给他拟一副春联儿，由他自己去写，贴在门上。他说好几年没贴春联儿了，这会子非要贴一副，洗刷洗刷晦气。我就给他拟了一副：

有子荷戈庶无愧

为人推毂①亦复佳

① 毂（gǔ）：车轮中的圆木，借指车。

约略给他解释一下，他自去写了。

有一回我又坐他的车，他提起步子就说：“你老师给我拟的那副春联儿，书塾里老师仔细讲给我听了。好，确实好，切，切得很，就是我要说的话。有个儿子在前方打国仗，总算对得起国家。推鸡公车，力气换饭吃，比哪一行正经行业都不差。老师，你是不是这个意思？”

我回转身子点点头。

“你老师真是摸到了人家心窝里，哈哈！”

1944 年 5 月 22 日

牵牛花

手种牵牛花，接连有三四年了。水门汀地没法下种，种在十来个瓦盆里。泥是今年又明年反复用着的，无从取得新的泥来加入。曾与铁路轨道旁种地的那个北方人商量，愿出钱向他买一点儿，他不肯。

从城隍庙的花店里买了一包过磷酸骨粉，搀和在每一盆泥里，这算代替了新泥。

瓦盆排列在墙脚，从墙头垂下十条麻线，每两条距离七八寸，让牵牛的藤蔓缠绕上去。这是今年的新计划，往年是把瓦盆摆在三尺光景高的木架子上的。这样，藤蔓很容易爬到了墙头；随后长出来的互相纠缠着，因自身的重量倒垂下来，但末梢的嫩条便又蛇头一般仰起，向上伸，与别组的嫩条纠缠，待不胜重量时重演那老把戏；因此墙头往往堆积着繁密的叶和花，与墙腰的部分不相称。今年从墙脚爬起，沿墙多了三尺光景的路程，或者会好一点儿；而且，这就将有一垛完全是叶和花的墙。

藤蔓从两瓣叶子中间引申出来以后，不到一个月工夫，爬得最快的几株将要齐墙头了。每一个叶柄处生一个花蕾，像谷粒那么大，便转黄萎去。据几年来的经验，知道起头的一批花蕾是开不出来的；到后来发育更见旺盛，新的叶蔓比近根部的肥大，那时的花蕾才开得成。

今年的叶格外绿，绿得鲜明；又格外厚，仿佛丝绒剪成的。这自然是过磷酸骨粉的功效。他日花开，可以推知将比往年的盛大。

但兴趣并不专在看花，种了这小东西，庭中就成为系人心情的所在。早上才起，工毕回来，不觉总要在那里小立一会儿。那藤蔓缠着麻线卷上去，嫩绿的头看似静止的，并不动弹；实际却无时不回旋向上，在先朝这边，停一歇再看，它便朝那边了。前一晚只是绿豆般大一粒嫩头，早起看时，便已透出二三寸长的新条，缀一两张长满细白绒毛的小叶子，叶柄处是仅能辨认形状的小花蕾，而末梢又有了绿豆般大一粒嫩头。有时认着墙上的斑驳痕，想，明天未必便爬到那里吧；但出乎意外，明晨竟爬到了斑驳痕之上；好努力的一夜工夫！“生之力”不可得见；在这样小立静观的当儿，却默契了“生之力”了。渐渐地，浑忘意想，复何言说，只呆对着这一墙绿叶。

即使没有花，兴趣未尝短少；何况他日花开，将比往年盛大呢。

1931 年

看 月

住在上海“弄堂房子”里的人对于月亮的圆缺隐现是不甚关心的。所谓“天井”，不到一丈见方的面积。至少十六支光的电灯每间里总得挂一盏。环境限定，不容你有关心到月亮的便利。走到路上，还没“断黑”已经一连串地亮了街灯。有月亮吧，就像多了一盏灯。没有月亮吧，犹如一盏街灯损坏了，没有亮起来。谁留意这些呢?

去年夏天，我曾经说过不大听到蝉声，现在说起月亮，我又觉得许久不看见月亮了。只记得某夜夜半醒来，对窗的收音机已经沉寂，隔壁的“麻将”也歇了手，各家的电灯都已熄灭，一道象牙色的光从南窗透进来，把窗棂印在我的被袱上。我略微感到惊异，随即想到原来是月亮光。好奇地要看看月亮本身，我向窗外望。但是，一会儿月亮被云遮没了。

从北平来的人往往说在上海这地方怎么“待”得住。一切都这样紧张。空气是这样龌龊。走出去很难得看见树木。诸如此类，他们可以举出一大堆。我想，月亮仿佛失掉了这一点，也该列入他们认为上海“待”不住的理由吧。假若如此，我倒并不同意。在生活的诸般条件里列入必须看月亮一项，那是没有理由的。清旷的襟怀和高远的想象力未必定须由对月而养成。把仰望的双眼移到地面，同样可以收到修养上的效益，而且更见切实。可是我并非反对看月亮，只是说即使不看也没有什么关系罢了。

最好的月色我也曾看过。那时在福州的乡下，地当闽江一折的那个角上。某夜，靠着楼栏直望。闽江正在上潮，受着月光，成为水银的洪流。江岸诸山略微笼罩着雾气，好像不是平日看惯的那几座山了。月亮高高停在天空，非常舒泰的样子。从江岸直到我的楼下是一大片沙坪，月光照着，茫然一白，但带点儿青的意味。不知什么地方送来晚香玉的香气。也许是月亮的香气吧，我这么想。我心中不起一切杂念，大约历一刻钟之久，才回转身来。看见蛎粉墙①上印着我的身影，我于是重又意识到了我。

那样的月色如果能得再看几回，自然是愉悦的事，虽然前面我说过“即使不看也没有什么关系”。

1933 年

① 蛎粉墙：用蛎粉灰刷的墙。

天井里的种植

搬到上海来十多年，一直住的弄堂房子。弄堂房子，内地人也许不明白是什么式样。那是各所一律的：前墙通连，隔墙公用；若干所房子成为一排；前后两排间的通路就叫作“弄堂”；若干条弄堂合起来总称什么里什么坊，表示那是某一个房主的房产。每一所房子开门进去是个小天井。天井，也许又有人不明白是什么。天井就是庭院；弄堂房子的庭院可真浅，只须三四步就跨过了，横里等于一所房子的阔，也不过五六步光景，如果从空中望下来，一定会觉得那个“井”字怪适当的。天井跨进去就是正间。正间背后横生着扶梯，通到楼上的正间以及后面的亭子间。因为房子并不宽，横生的扶梯够不到楼上的正间，碰到墙，拐弯向前去，又是四五级，那才是楼板。到亭子间可不用跨这四五级，所以亭子间比楼正间低。亭子间的下层是灶间；上层是晒台，从楼正间另一旁的扶梯走上去。近年来常常在文人笔下出现的亭子间就是这么局促闷损的居室。然而弄堂房子的结构确乎值得佩服；俗语说，“麻雀虽小，五脏俱全”，弄堂房子就合着这样经济的条件。

住弄堂房子，非但栽不成深林丛树，就是几棵花草也没法种，因为天井里完全铺着水门汀。你要看花草只有种在花盆里。盆里的泥往往是反复地种过了几种东西的，一些养料早被用完，又没处去取肥美的泥土来加入；所以长出叶子来开出花朵来大都瘦小可怜。有些人家嫌自己动手麻烦，又正有多余的钱足以对付小小的奢侈的开支，就与花园约定，每个月送两回或者三回盆景来；这样，家里就长年有及时的花草，过了时的自有花匠带回去，真是毫不费事。然而这等人家的趣味大都在于不缺少照例应有的点缀，自己的生活跟花草的生活却并没有多大干系；只要看花匠带回去的，不是干枯了的叶子，就是折断了的枝干，可见我这话没有冤枉了他们。再有些人家从小菜场买一些折枝截茎的花草，拿回来就插在花瓶里，不像日本人那样讲究什么"花道"，插成"乱柴把"或者"喜鹊巢"都不在乎；直到枯萎了，拔起来向垃圾桶一扔，就此完事。这除了"我家也有一点儿花草"以外，实在很少意味。

我们乐于亲近植物，趣味并不完全在看花。一条枝条伸出来，一张叶子展开来，你如果耐着性儿看，随时有新的色泽跟姿态勾引你的欢喜。到了秋天冬天，吹来几阵西风北风，树叶毫不留恋地掉将下来；这似乎最乏味了。然而你留心看时，就会发现枝条上旧时生着叶柄的处所，有很细小的一粒透露出来，那就是来春新枝条的萌芽。春天的到来是可以预计的，所以你对着没有叶子的枝条也不至于感到寂寞，你有来春看新绿的希望。这固然不值一班珍赏家的一笑，在他们，树一定要搜求佳种，花一定要能够入谱，寻常的种类跟谱外的货色就不屑一看；但是，果真能从花草方面得到真实的享受，做一个非珍赏家的"外行"又有什么关系。然而买一点折枝截茎的花草来插在花瓶里，那是无法得到这种享受的；叫花匠每个月送几回盆景来也不行，因为时间太短促，你不能读遍一种植物的生活史；自己动手弄盆栽当然比较好，可是植物入了盆犹如鸟进了笼，无论如何总显得拘束，滞钝，跟原来不一样。推究到底，只有把植物种在泥地里最好。可是哪来泥地呢？弄堂房子的天井里有的是坚硬的水门汀！

把水门汀去掉；我时时这样想，并且告诉别人。关切我的人就提出了驳议。有两说：又不是自己的房产，给点缀花木犯不着，这是一说；谁知道这所房子住多少日子，何必种了花木让别人看，这是又一说。前者着眼在经济；后者只怕徒劳而得不到报酬。这种见识虽然不能叫我信服，可是究属好意；我对他们都致了谢。然而也并没有立刻动手。直到三年前的冬季，才真个把天井里的水门汀的两边凿去，只留当中一道，作为通路。水门汀下面满是砖砾，烦一个工人用了独轮车替我运出去。他就从不很近的田野里载回来泥土，倒在凿开的地方。来回四五趟，泥土与留着的水门汀平了。于是我买一些植物来种下，计蔷薇两棵，紫藤两棵，红梅一棵，芍药根一个。蔷薇跟紫藤都落了叶，但是生着叶柄的处所，萌芽的小粒已经透出来了；红梅满缀着花蕾，有几个已经展开了一两瓣；芍药根生着嫩红的新芽，像一个个笔尖，尤其可爱。我希望它们发育得壮健些，特地从江湾买来一片豆饼，融化了，分配在各棵的根旁边；又听说芍药更需要肥料，先在安根处所的下边埋了一条猪的大肠。

不到两个月，“一·二八”战役起来了。停战以后，我回去捡残余的东西。天井完全给碎砖断板掩没了。只红梅的几条枝条伸出来，还留着几个干枯的花萼；新叶全不见，大概是没命了。当时心里充满着种种的忿恨，一瞥过后，就不再想到花呀草呀的事。后来回想起来，才觉得这回的种植真是多此一举。既没有点缀人家的房产，也没有让别人看到什么，除了那棵红梅总算看见它半开以外，一点儿效果都没有得到，这才是确切的“犯不着”。然而当初提出驳议的人并不曾想到这一层。

去年秋季，我又搬家了。经朋友指点，来看这所房子，才进里门，我就中了意，因为每所房子的天井都留着泥地，再不用你费事，只一条过路涂的水门汀。搬了进来之后，我就打算种点儿东西。一个卖花的由朋友介绍过来了。我说要一棵垂柳，大约齐楼上的栏杆那么高。他说有，下礼拜早上送来。到了那礼拜天，一家人似乎有一位客人将要到来，都起得很早。但是，报纸送来了，到小菜场去买菜的回来了，垂柳却没有消息。那卖花的“放生”了吧，不免感到失望。忽然，“树来了！树来了！”在弄堂里赛跑的孩子叫将起来。三个人扛着一棵绿叶蓬蓬的树，到门首停下；不待竖直，就认知这是柳树而并不是垂柳。为什么不送一棵垂柳来呢？种活来得难哩，价钱贵得多哩，他们说出好些理由。不垂又有什么关系，具有生意跟韵致是一样的。就叫他们给我种在门侧；正是齐楼上的栏杆那么高。问多少价钱，两块四，我照给了。人家都说太贵，若在乡下，这样一棵柳树值不到两毛钱。我可不这么想。三个人的劳力，从江湾跑了十多里路来到我这里，并且带来一棵绿叶蓬蓬的柳树，还不值这点儿钱吗？就是普通的商品，譬如四毛钱买一双袜子，一块钱买三罐香烟，如果撇开了资本吸收利润这一点来说，付出的代价跟取得的享受总有些抵不过似的，因为每样物品都是最可贵的劳力的化身，而付出的代价怎样来的未必每个人没有问题。

柳树离开了土地一些时，种下去过了三四天，叶子转黄，都软软地倒垂了；但枝条还是绿的。半个月后就是小春天气，接连十几天的暖和，枝条上透出许多嫩芽来；这尤其叫人放心。现在吹过了几阵西风，节令已交小寒，这些嫩芽枯萎了。然而清明时节必将有一树新绿是无疑的。到了夏天，繁密的柳叶正好代替凉棚，遮护这小小的天井：那又合于家庭经济原理了。

柳树以外我又在天井里种了一棵夹竹桃，一棵绿梅，一条紫藤，一丛蔷薇，一个芍药根，以及叫不出名字来的两棵灌木；又有一棵小刺柏，是从前住在这里的人家留下来的。天井小，而我偏贪多；这几种东西长大起来，必然彼此都不舒服。我说笑话，我安排下一个“物竞”的场所，任它们去争取“天择”吧。那棵绿梅花蕾很多，明后天就该有两三朵开了。

1935 年

桡夫子

川江里的船，多半用桡子。桡子安在船头上，左一支右一支地间隔着。平水里推起来，桡子不见怎么重。推桡子的往往慢条斯理地推着，为的路长，犯不着太上劲，也不该太上劲。据推桡子的说，到了逆势的急水里，桡子就重起来，有时候要上一百斤。这在别人也看得出来，推桡子的把桡子推得那么重，身子前俯后仰的程度加大了。过滩的时候，非使上全身的气力，桡子就推不动。水势是这样的，船的行势是那样的，水那股汹涌的力量全压在桡子上。推桡子的脚蹬着船板，嘴里喊着“咋咋——呵呵呵”，是这些沉重的声音在教船前进呢。过了滩，推桡子的累了，就又慢条斯理的了。

这些推桡子的，大家管他们叫“桡夫子”。

好些童话里说到永远摇着船的摆渡人，他老在找个替手，从他手里把桨接过去；一摆脱桨，他就飞一样地跑了，再不回头看一看他那摇了那么久的船了。在木船上二十多天，我们天天看桡夫子们做活，不禁想起他们就是童话里说的摆渡人。天天是天刚亮他们就起来卷铺盖。天天是喊号子的一声“喔——喔嗽——嗽”，弟兄伙就动手推桡子。天天是推过平水上流水，推过流水又是平水。天天是逢峡过峡，逢滩过滩。天天是三餐干饭。天天是歇力的时候抽一杆旱烟。天天听喊号子的那样唱：“哥弟伙，使力推，推上流水好松懈”，“弟兄伙，用力拖，拢到地头有老酒喝”。这样，天天赶拢①一个码头。随后，他们喝酒，耍钱，末了在船头上把铺盖打开，就睡在桡子旁边。

那个烧饭的（烧饭的管做饭，看太平舱，是船上的总务，他的工钱比别的桡夫子多）跟我们说起过："到了汉口，随便啥子活路跟我说一个嘛，船上这个饭不好吃。"他说："岸上的活路没得这么'讨神'，一天三顿要做那么多人吃的，空下来还顶一根横桡，清早、黑了又要看舱，是不是？船漏了是你的责任嘛。"他说："这么点儿钱，哪儿挣不了？"他年纪还轻，人很精灵，想要放下手里的桨，换个新活路。在他看来，除了自己手上的都蛮不错。

别的桡夫子们，有好几个已经三十多了。一个十六七岁的，上一代也吃船上饭，也是推桡子的。这些人却不想放下手里的桨，都是每天不声不响地提起桡子，按着节拍一下一下推着。他们拿该拿的钱，吃该吃的饭，做该做的活。推船跟干别的活无非为了挣钱，他们干这一行，就吃这一行饭，靠这一行吃饭，永远靠这一行吃饭。"钱是各人各自挣的嘛，做得到哪一门活路，吃得成哪一门饭，未必是说着耍的，随随便便就拿钱给你挣了！"他们这样说。

我们下来的时候，从重庆到宜昌推一趟，每人拿得到四五万元。

在船开动的前一天，就散了一些工资。这是给桡夫子们安家买"捎带"的。"捎带"各人各买，有买川连的，有买炭砖的，有买柴火的，也有买饭箕的。买了各自扛上船，老板有地方给他们安放。老板说："我不得亏待你们，总有钱给你们办'捎带'的。"桡夫子们说："牲钱（工资）拿来有屁用！不办点'捎带'，回来扯不成洋

① 拢：靠近。

船票，还走不到路呐。”这些“捎带”有赚有蚀。听到底下哪门货色行市，他们就办哪门。也许这已经是几个月前的信息了，也许根本就没有这回事。不过他们总是高高兴兴地把“捎带”办了来，找个顶落位的地方放好，心里想，也许在这上头可以赚一笔大钱呢。

1946 年

牛

在乡下住的几年里，天天看见牛。可是直到现在还显现在眼前的，只有牛的大眼睛。冬天，牛拴在门口晒太阳。它躺着，嘴不停地磋磨①，眼睛就似乎比忙的时候睁得更大。牛眼睛好像白的成分多，那是惨白。我说它惨白，也许为了上面网着一条条血丝。我以为这两种颜色配合在一起，只能用死者的寂静配合着吊丧者的哭声那样的情景来相模拟。牛的眼睛太大，又鼓得太高，简直到了使你害怕的程度。我进院子的时候经过牛身旁，总注意到牛鼓着的两只大眼睛在瞪着我。我禁不住想，它这样瞪着，瞪着，会猛地站起身朝我撞过来。我确实感到那眼光里含着恨。我也体会出它为什么这样瞪着我，总距离它远远地绕过去。有时候我留心看它将会有什么举动，可是只见它呆呆地瞪着，我觉得那眼睛里似乎还有别的使人看了不自在的意味。

我们院子里有好些小孩，活泼，天真，当然也顽皮。春天，他们扑蝴蝶。夏天，他们钓青蛙。谷子成熟的时候到处都有油蚱蜢，他们捉了来，在灶堂里煨了吃。冬天，什么小生物全不见了，他们就玩牛。

---

① 磋磨：挤轧摩擦。

有好几回，我见牛让他们惹得发了脾气。它绕着拴住它的木桩子，一圈儿一圈儿地转。低着头，斜起角，眼睛打角底下瞪出来，就好像这一撞要把整个天地翻个身似的。

孩子们是这样玩的：他们一个个远远地站着，捡些石子，朝牛扔去。起先，石子不怎么大，扔在牛身上，那一搭皮肤马上轻轻地抖一下，像我们的嘴角动一下似的。渐渐的，捡来的石子大起来了，扔到身上牛会掉过头来瞪着你。要是有个孩子特别胆大，特别机灵，他会到竹园里找来一根毛竹，伸得远远的去撩牛的尾巴，戳牛的屁股，把牛惹起火来。可是，我从未见过他们撩过牛的头。我想，即使是小孩，也从那双大眼睛看出使人不自在的意味了。

玩到最后，牛站起来了，于是孩子们轰的一声，四处跑散。这种把戏，我看得很熟很熟了。

有一回，正巧一个长工打院子里出来，他三十光景了，还像孩子似的爱闹着玩。他一把捉住个孩子：“莫跑，”他说，“见了牛都要跑，改天还想吃庄稼饭？”他朝我笑笑说：“真的，牛不消怕得，你看它有那么大吗？它不会撞人的。牛的眼睛有点不同。”

以下是长工告诉我的话。

“比方说，我们看见这根木头桩子，牛眼睛看来就像一根撑天柱。比方说，一块田十多亩，牛眼睛看来就没有边，没有沿。牛眼睛看出来的东西，都比原来大，大许多许多。看我们人，就有四金刚那么高，那么大。站到我们跟前它就害怕了，它不敢倔强，随便拿它怎么样都不敢倔强。它当我们只要两个指头就能捏死它，抬一抬脚趾就能踢它到半天云里，我们哈气就像下雨一样。那它就只有听我们使唤，天好，落雨，生田，熟田，我们要耕，它就只有耕，没得话说的。你先生说对不对，幸好牛有那么一双眼睛。不然的话，还让你使唤啊，那么大的一个，力气又蛮，踩到一脚就要痛上好几天。对了，我们跟牛，五个抵一个都抵不住。好在牛眼睛看出来，我们一个抵它十几个。”

以后，我进出院子的时候，总特意留心看牛的眼睛，我明白了另一种使人看着不自在的意味。那黄色的浑浊的瞳仁，那老是直视前方的眼光，都带着恐惧的神情，这使它眼睛里的恨转成了哀怨。站在牛的立场上说，如果能去掉这双眼睛，成了瞎子也值得，因为得到自由了。

1946 年 12 月

在西安看的戏

住西安不满二十天，倒看了八回戏，易俗社两回，香玉剧社两回，尚友社、西北歌舞剧团、鄠鄠剧团等四个剧团各一回。西安人看戏的兴致似乎很高，除了我们看过的几处以外，还有好些剧团，听说处处满座，票不容易买。多数人能够哼两句秦腔或河南梆子，广播也常常播秦腔和河南梆子，喇叭底下聚集着低回①不忍去的听众。

西安的戏院可以说属于旧形式。长方形，直里比横里长。长条椅一排排地正摆，挤得比较紧。两边栏杆以外也容纳观众，那是偏着身子站着看的，票价特别便宜。房屋不怎么讲究，有几座用席顶棚。易俗社舞台沿的上方仿敦煌壁画画两个大型的飞天，回身凌空，彩带飘拂，比随便画些图案好看多了。用飞天作舞台的装饰，在别处还没见过。

听说 1954 年要修一座戏院，当然是新式的，设计的时候一定会考虑到怎样让买便宜票的也有座位。

在易俗社看两回秦腔，一回是整本戏《游龟山》，一回是六个单出戏。戏都演得认真，排在前头的单出戏也没有从前戏院的习气，

① 低回：徘徊，留恋。

有气没力，敷敷衍衍，只顾陪着观众消磨时间。这与演员的地位和认识提高了固然有关系，另外的原因恐怕是观众老早到齐，一开场就坐得满满的，不像以前有些人那样直到末了儿一两出上场的时候才来，表示他们除了头牌的名角而外其他的均不屑一顾。既然有那么些人要看，而且是真心诚意地要看，就是戏排在前头，又怎么能草草了事？

小时候听秦腔，现在光记得贾碧云的《阴阳河》和《红梅阁》。贾碧云是京剧角色，带唱秦腔，当时很有些声名。只觉得那声音高亢极了，刺耳的胡琴和梆子之外就只是那么咿咿呀呀的，越顿越高，越顿越高，完全听不清唱些什么。不知道什么缘故，现在听秦腔不觉得那么高亢了，胡琴和梆子也不刺耳，演员唱得好，口齿清楚，我可以听懂七八成，唱得差的，也有三四成。

没有戏单，挂在两旁的黑板上写着白粉字——戏名和演员名，因而很难记住谁扮演谁。我光记住了一位女演员的名字，孟遏云，因为近旁的观众都在轻声屏气地说这个名字，她的演唱特别引人注意，还有我左手边一位老太太带着叹息的调子说她今晚来看戏就为看这个孟遏云。

外行人不能说内行话，况且唱歌是声音的事情，用语言来描摹很难见效，往往描摹了一大堆，人家还是捉摸不到什么，我也不预备描摹了。我只觉得孟遏云的声音有天分又有训练，训练达到了极端纯熟的境界，能够自由操纵，随心所欲，随时随地恰当地表达出剧中人的感情，因而她的唱有风格，有自己的东西，虽然别人唱起来，唱词和曲谱也全都是那么样。听她一句一句唱下去，你心中再不起旁的杂念，光受她的唱的支配。她的风格含着种种味道，领略那味道是一种愉快、一种享受，你唯恐错过了一丝半毫的愉快和享受，哪还有工夫想旁的？她的声音那么一转，一转之后又像游丝一样袅上去，你就默默点头，认为非那么一转袅上去不可。她把一个语音斩钉截铁地喷出来，才喷出来就戛然煞住，你就咂咂嘴唇，认为唯有那样喷出来就煞住才恰到好处。这里所谓“认为”并非思唯活动，简直是下意识，不过耳朵里感觉顺适，心里感觉舒服罢了。我们看了好的书画、精美的雕刻，同样会感觉到那种顺适和舒服。凡是艺术作品，合乎规格，又不仅合乎规格，还有独自的风格、独自的味道的，都能叫人感觉到那种顺适和舒服。——我说了这么些话并没有传出孟遏云的唱的好处，这是没有办法的事，要领略好处怕只有用耳朵去听。我很想听听内行家的意见，不知道内行家对于孟遏云的唱怎么说。至于她的演技，我不再多说外行话了，总之，妥帖，老到，全身有戏，随时是戏。在《游龟山》里，她演江夏县的太太，又一回她演《探窑》里的王宝钏。《探窑》尤其酣畅淋漓。

常香玉的河南梆子，我看过她的《断桥》。她也有她的风格，能把感情充分地发挥。白娘娘的爱恋、怨恨、悲痛，听了她的唱似乎可以把实质给抓住。这回看了她的《花木兰》，印象当然也挺好。我的一位朋友发表他的“读后感”，他说《花木兰》的道白做工似乎过于京戏化了，减少了河南梆子的本色——某一剧种的某些本色应该保留还是改掉，该多保留还是少保留，是戏剧工作里值得讨究的题目。他又说花木兰胜利之后帐前独唱的时候如果有个舞蹈场面，戏也许更出色些。外行人不能下什么判断，愿意把朋友的意见记下来，供香玉剧社参考。

巧得很，在易俗社看了《拷红》，在香玉剧社也看了《拷红》。易俗社的《拷红》，饰红娘的是一位男角——很抱歉，没有记住他的姓名，一出场就看得出他是个守着旧典型的。所谓旧典型就是传统的规范，一举一动，一颦一笑，全有程式。可是他能不让程式拘住，把程式演活了，于是观众面前出现一个活泼伶俐随机应变的小红娘。我想，我国各种旧戏都有它的程式，凡是成功的演员都是把程式演活了的——不知道这样说是不是切当。香玉剧社的《拷红》，老夫人、莺莺、红娘、张生四个角色铢两悉称①，彼此配合得挺紧凑，一个在那里唱呀说的，跟另外一个或几个息息相关。这一层不太容易做到。可是观众爱看的是整台的戏，不是一个角色演戏，另外一个或几个只在旁边坐一坐，站一站。为了满足观众的要求，演员当然应当尽力做到这一层。

没有戏剧源流的知识，不知道秦腔和河南梆子的关系怎么样。推想起来，该是近房兄弟吧。不然，为什么西安人喜爱河南梆子那么强，只望香玉剧社老留在西安？再说，陕西跟河南接壤，一在关内，一在关外，地理上的关系也实在密切。据我想，这两种戏剧，还有其他几种地方戏，有个共通之点，就是唱句的音乐性很够味，可是听起来还是语言。音乐性够味，所以熟极的戏也愿意再去听一听，听那唱歌，听那演员的独自的风格——当然指有风格的而言。听起来还是语言，所以听歌唱同时领略戏的细微曲折，比较单就音乐方面听，感受更见深切。在我国各种戏剧里头，音乐性够味，可是听起来几乎不成语言的，该数昆曲里的南曲了——北曲好一些。固然，曲词多用文言辞藻，造句又属诗词一路，那是不容易一听就明白的一个原因。可是，更重要的原因在每唱一个字袅呀袅呀地转折太多了，叫人家光听见一连串的工尺上四合②。就是能唱的曲家，要是请他听一支生曲子，恐怕除了一连串的工尺上四合也领略不多吧。曲词明明是语言（诗词一路的语言），可是听起来只是一连串的工尺上四合，不成语言。在戏曲界“百花齐放，推陈出新”的今天，

---

① 铢两悉称（chèn）：形容两方面轻重相当，优劣相近。

② 工尺上四合：古代工尺谱的基本符号。

各种剧种都在那里发展呀改革的，情形热闹非凡，可是昆曲只有抱残守缺的份儿，道理也许就在这里。京戏旦角的某些唱段，我听起来也有一连串工尺上四合之感，就是说不知道说些什么，虽然觉得悦耳。我听秦腔和河南梆子就不然，一方面居然能欣赏唱的好处，另一方面又能听清它的语言，欣赏就包括戏剧的内容，不仅在音乐。凡有这个特征——音尔性够味，可是听起来还是语言的歌剧，我想，前途都是光明的、乐观的。什么根据呢？根据就在我能够接受，非但能够接受，还能够欣赏，而我呢，至少可以代表一大部分并不内行可是喜欢看戏的观众。

看了西北歌舞剧团的《小二黑结婚》，我就想到一部分新歌剧似乎还没有前边所说的特征，唱词配了音乐，当然不像话剧那样，句句跟实际生活里的语言一致，而那音乐，不知道什么缘故，又不像秦腔和河南梆子那样，能使有天分的演员唱成独自的风格。于是，就语言方面听，不如话剧干脆、爽利、有实感；就音乐方面听，不如秦腔、河南梆子的耐人寻味，经得起咀嚼。有些新歌剧，我们看过一回，知道有那么一回事就算了，再不想看第二回，原由恐怕在此，新歌剧正在成长的阶段，得从各方面努力，是不是该在争取我所说的特征上多注点儿意，希望戏剧界考虑。

现在谈皮影戏。我们看的全本《火焰驹》。皮影戏各个登场人物的唱词道白大部分由一个人担任，只有少数几处由另外一个人搭配。唱的什么调我不知道，似乎属于“说唱”一路。

那皮人、皮道具的雕刻工细极了，饰色鲜艳极了，陈列在民间艺术品展览会里准可以列入上选。一切全用繁复的线条画成，只有人物的面部很简单，几笔勾出了生旦净丑，当然也有繁复的花脸。生的袍服，旦的衣裙……全有图案花纹。一张桌子，一把椅子，也不厌其烦地尽量细雕，好像红木作里制成的精制品。小到一把扇子

（要知道皮人只一尺来高，可以想象扇子多大了），并不是剪成扇形就算，还要把它镂空，让扇面上有画。有几幅布景，那花丛全用工笔，那假山有宋元人画山石的意味，又古茂，又艳丽。

没看过皮影戏的也许不大明白那是怎么回事，现在大略说几句。可以拿傀儡戏作比方，傀儡戏是傀儡演戏，皮影戏是皮人演戏，举止行动同样由藏在背后的人操纵。不过皮人不像傀儡那样成个立体的形象，那是皮雕成的，只是一片，而且是侧影的一片，不朝左就朝右。后面亮着灯光，活动的皮人的影子映在垂直张挂的白布上，观众在白布前面就可以看戏了。

我们看傀儡戏都在台前看，看正面。舞台有深度，因而有远近。元帅升帐，他的位置距离我们远些，帐前两旁站着四将，距离我们近些。看皮影戏可不然。我们虽然坐在白布前面，实际上等于坐在舞台侧边，只能看个侧面。无所谓远近，侧形的皮人全在一个平面上活动——一个平面就是那垂直张挂的白布。

看皮影戏得在意想中“除外”一些形象。换句话说，有些影子你得当作没看见。要让皮人的身躯跟四肢活动，不能不用几根细木签支使它，细木签的影子不能不映在白布上。要是不在意想中当作没看见那些细木签的影子，就觉得场面上的人物牵牵挂挂的，很不顺眼。还有，皮人本来朝左，一会儿要它朝右，这只有一个办法，把它翻转来。翻转来当然很快，真可以说“一刹那”，在“一刹那”间，侧面的人形成了稀奇古怪的形象。那稀奇古怪的形象也得“除外”，当作没看见，意想中只当它朝左的人物慢慢地转过身来朝右边。还有，皮影必须贴着白布，轮廓和线条才显得清楚，色彩才显得鲜明。可是，皮人究竟拿在人的手里，总不免有些时候离开白布些儿，于是轮廓和线条朦胧了，色彩模糊了。那时候你最好闭一闭眼睛养养神，待皮人贴着了白布再看下去。

这些全是特质的条件的限制，既然要让“只是一片”的皮人演戏，就没法超越这些限制。我们只要想一想，所有登场的皮人全都由一个人的两只手操纵，居然可以演出整本的戏，模仿真人的活动相当到家，也就不会有什么苛求了。

一个唱的，一个操纵皮人的，三四个奏音乐的，大概五六个人就可以搞一个皮影戏的班子。这样地简单，旁的戏班子无论如何赶不上。跟傀儡戏比起来似乎差不多，可是皮人比傀儡轻巧多了。在无戏可看的地区，皮影戏靠它的简单，四出流动，满足群众的需要。现在戏剧的供应已经比较普遍，今后更将普遍，僻远的农村也可以看到话剧、歌剧。我想，在换换口味的意义之下，那时候皮影戏还会是群众所喜见乐闻的。

1954 年 1 月 4 日

驾　长

白木船上的驾长就等于轮船上的大副，他掌着舵。

一个晚上，我们船上的驾长喝醉了。他年纪快五十，喝醉了就唠唠叨叨有说不完的话。那天船歇在云阳，第二天要过好几个滩。他说推桡子的不肯卖力，前几天过滩，船在水面打了个转，这不是好耍的。他说性命是各人的，他负不了这个责。当时就有个推桡子的顶他，"'行船千里，掌舵一人'，你舵没有把稳，叫我们推横桡的怎么办！"

在大家看来，驾长是船上顶重要的人物。我们雇木船的时候，担心到船身牢实不牢实。船老板说："船不要紧，人要紧。只要请的人对头，再烂的船也能搞下去。"他说的"人"大一半儿指的驾长。船从码头开出，船老板就把他的一份财产全部交给驾长了，要是他跟着船下去，连他的性命也交给了驾长。乘客们呢？得空跟驾长聊几句，晚上请他喝几杯大曲。"巴望他好好儿把我们送回去吧，好好儿把我们送回去吧。"

舵在后舱，一船的伙伴就只有驾长在后舱做活路。我们见着驾长的时候最多，对于驾长做的活路比较熟悉。一清早，我们听驾长爬过官舱的顶篷到后舱的顶篷，一手把后舱的一张顶篷揭起，一片亮就透进舱来。我们看他把后舱的顶篷全收了，拿起那块长长的蹬板搁在两边舱壁上，一脚蹬上去，手把住舵。于是前面的桡夫就下篙子，船撑开了。

驾长那么高高地站在蹬板上，头露出在顶篷外，舵把子捏在手里，眼睛望着前面。我们觉得这条船仿佛是一匹马，一匹能够随意驰骋的马，而驾长是骑手。你要说这是个很美的比喻吧？可是，他掌着舵只是做活路，没有大野驰马的豪兴。我们同行有两条船，两条船上的驾长都喝酒。我们船上的年纪大多了，力气差些，到滩上，他多半在蹬板上跺脚，连声喊："扳重点！扳重点！……就跟搔痒一样！"有一回，舵把子打手里滑脱了，亏得旁边几个乘客帮他扳住。他重新抓住舵把子的时候，笑了笑说："好几百斤重呢。不是说着耍的。"另一条船上的年轻人什么时候都喝酒，他夸张地摆给我们听："不喝酒可有点儿害怕呢。脚底下水那么凶，不说假的，你们看到就站不住。喝点酒，要放心些。"我们的驾长就不然，做活路的时候他决不喝酒。这不是说他比那年轻人胆大，对于可怕的水他们两个抱着不同的害怕态度。

木船上禁忌很多，好些话不能说。偏偏那些话关于航行的多，我们时常会不知不觉地说出来。推桡子的听见了，会朝我们说："说不得，说不得。"驾长听见了，会老大地不高兴，好像我们故意在跟他捣蛋。是的，人家把性命财产交给了他，他把这个责任跟他自己的性命一半儿交给了"经验"，还有一半儿呢，不知道交给什么，也许就是交给那些禁忌吧。船上的伙计们说："船开动了头，就不消问哪天到哪里。这是天的事，你还做得到主啊？"

川江的水凶，水太急的地方，单凭一把舵转不过弯来。所以船头上还有一根梢子，在要紧时候好帮帮舵的忙。扳梢子的大家也把他叫作驾长。到滩上，他总站在船头比手势，给掌舵的指明水路，好像是轮船上的领江。他拿的工钱跟掌舵的一样。

记游洞庭西山

4 月 23 日，我从上海回苏州，王剑三兄要到苏州玩儿，和我同走。苏州实在很少可以玩儿的地方，有些地方他前一回到苏州已经去过了，我只陪他看了可园、沧浪亭、文庙、植园以及顾家的怡园，又在吴苑吃了茶，因为他要尝尝苏州的趣味。25 日，我们就离开苏州，往太湖中的洞庭西山。

洞庭西山周围一百二十里，山峰重叠。我们的目的地是南面沿湖的石公山。最近看到报上的广告，石公山开了旅馆，我们才决定到那里去。如果没有旅馆，又没有住在山上的熟人，那就食宿都成问题，洞庭西山是去不成的。

上午 8 点，我们出胥门，到苏福路长途汽车站候车。苏福路从苏州到光福，是商办的，现在还没有全线通车，只能到木渎。8 点 3 刻，汽车到站，开行半点钟就到了木渎，票价两毛。经过了市街，开往洞庭东山的裕商小汽轮正将开行，我们买西山镇夏乡的票，每张五毛。轮行半点钟出胥口，进太湖。以前在无锡鼋头渚，在邓尉还元阁，只是望望太湖罢了，现在可亲身在太湖的波面，左右看望，浑黄的湖波似乎尽量在那里涨起来，远处水接着天，间或界着一线的远岸或是断断续续的远树。晴光照着远近的岛屿，淡蓝、深翠、嫩绿，色彩不一，眼界中就不觉得单调、寂寞。

12 点 1 刻到达西山镇夏乡，我们跟着一批西山人登岸。这里有码头，不像先前经过的站头，登岸得用船摆渡。码头上有人力车，我们不认识去石公山的路，就坐上人力车，每辆六毛。和车夫闲谈，才知道西山只有十辆人力车，一般人往来难得坐的。车在山径中前进，两旁尽是桑树、茶树和果木，满眼的苍翠，不常遇见行人，真像到了世外。果木是柿、橘、梅、杨梅、枇杷。梅花开的时候，这里该比邓尉还要出色。杨梅干枝高大，屈伸有姿态，最多画意。下了几回车，翻过了几座不很高的岭，路就围在山腰间，我们差不多可以抚摩左边山坡上那些树木的顶枝。树木以外就是湖面，行到树叶茂密的地方，湖面给遮没了，但是一会儿又露出来了。

12 点 3 刻，我们到了石公饭店。这是节烈祠的房子，五间带厢房，我们选定靠西的一间地板房，有三张床铺，价两元。节烈祠供奉全西山的节烈妇女，门前一座很大的石牌坊，密密麻麻刻着她们的姓氏。隔壁石公寺，石公山归该寺管领。除开一祠一寺，石公山再没有房屋，唯有树木和山石而已。这里的山石特别玲珑，从前人有评石三字诀叫作“皱、瘦、透”，用来品评这里的山石，大部分可以适用。人家园林中有了几块太湖石，游人就徘徊不忍去，这里却满山的太湖石，而且是生着根的，而且有高和宽都达几十丈的，真可以称大观了。

饭店里只有我们两个客，饭菜没有预备，仅能做一碗开洋蛋汤。一会儿茶房高兴地跑来说，从渔人手里买到了一尾鲫鱼，而且晚饭的菜也有了，一小篮活虾，一尾很大的鲫鱼。问可有酒，有的。本山自制，也叫竹叶青。打一斤来尝尝，味道很清，只嫌薄些。

吃罢午饭，我们出饭店，向左边走，大约百步，到夕光洞。洞中有倒挂的大石，俗名倒挂塔。洞左右壁上刻着明朝人王鏊所写的寿字，笔力雄健。再走百多步，石壁绵延很宽广，题着“联云嶂”三个篆字，高头①又有“缥缈云联”四字，清道光间人罗绮的手笔。从这里向下到岸滩，大石平铺，湖波激荡，发出汩汩的声音。对面青青的一带是洞庭东山，看来似乎不很远，但是相距十八里呢。这里叫作明月浦，月明的时候来这里坐坐。确是不错。我们照了相，回到山上，从所谓一线天的裂缝中爬到山顶。转向南往下走，到来鹤亭。下望节烈祠和石公寺的房屋，整齐，小巧，好像展览会中的建筑模型。再往下有翠屏轩。出石公寺向右，经过节烈祠门首，到归云洞。洞中供奉山石雕成的观音像，比人高两尺光景，气度很不坏，可惜装了金，看不出雕琢的手法。石公全山面积一百八十多亩，高七十多丈，不过一座小山罢了，可是山石好，树木多，就见得丘壑幽深，引人入胜。

回饭店休息了一会儿，我们雇一条渔船，看石公南岸的滩面。滩石下面都有空隙，波涛冲进去，作鸿洞的声响，大约和石钟山同一道理。渔人问还想到哪里去，我们指着南面的三山说，如果来得及回来，我们想到那边去。渔人于是张起风帆来。横风，船身向右侧，船舷下水声哗哗哗。不到四十分钟，就到了三山的岸滩。那里很少大石，全是磨洗得没了棱角的碎石片。据说山上很有些殷实的人家，他们备有枪械自卫，子弹埋在岸滩的芦苇丛中，临时取用，只他们自己有数。我们因为时光已晚，来不及到乡村里去，只在岸滩照了几张照片，就迎着落日回船。一个带着三弦的算命先生要往西山去，请求附载，我们答应了。这时候太阳已近地平线，黄水染上淡红，使人起苍茫之感。湖面渐渐升起烟雾，风力比先前有劲，也是横风，船身向左侧，船舷下水声哗哗哗，更见爽利。渔人没

① 高头：即上面。

事，请算命先生给他的两个男孩子算命。听说两个都生了根，大的一个还有贵人星助命，渔人夫妻两个安慰地笑了。船到石公山，天已全黑。坐船共三小时，付钱一块二毛。饭店里特地为我们点了汽油灯，喝竹叶青，吃鲫鱼和虾仁，还有咸芥菜，味道和白马湖出品不相上下。九时熄灯就寝。听湖上波涛声，好似风过松林，不久就入梦。

26日早上6时起身。东南风很大，出门望湖面，皱而暗，随处涌起白浪花。吃过早餐，昨天约定的人力车来了，就离开饭店，食宿小账共计六块多钱。沿昨天来此的原路，我们向镇夏乡而去。淡淡的阳光渐渐透出来，风吹树木，满眼是舞动的新绿。路旁遇见采茶妇女，身上各挂一只篾篓，满盛采来的茶芽。据说这是今年第二回采摘，一年里头，不过采摘四五回罢了。在镇夏乡寄了信，走了很多路，到林屋洞，洞口题"天下第九洞天"六个大字。据说这个洞像房屋那样有三进，第一进人可以直立，第二三进比较低，须得曲身而行。再往里去，直通到湖广。凡有山洞处，往往有类似的传说，当然不足凭信。再走四五里，到成金煤矿，遇见一个姓周的工头，峄县人，和剑三是大同乡，承他告诉我们煤矿的大概。这煤矿本来用土法开采，所出烟煤质地很好，运到近处去销售，每吨价六七块钱，比远来的煤便宜得多。现在这个矿归利民矿业公司经营，占地一万七千亩。目前正在开凿两口井，一口深十七丈，又一口深三十丈，彼此相通。一个月以后开凿成功，就可以用机器采煤了。他又说，西山上除开这里，矿产还很多呢。他四十三岁，和我同年，跑过许多地方，干了二十来年的煤矿，没上过矿业学校，全凭实际得来的经验。谈吐很爽直，见剑三是同乡，殷勤的情意流露在眉目间。剑三给他照了个相，让他站在他亲自开凿的井旁边。回到镇夏乡正十一点。付人力车价，每辆一块二毛半。在面馆吃了面，买了本山的碧螺春茶叶，上小茶楼喝了两杯茶，向附近的山径散步了一会儿，这才挨到午后两点半。裕商小汽轮靠着码头，我们冒着狂风钻进舱里，行到湖心，颠簸摇荡，仿佛在海洋里。全船的客人不由得闭目垂头，现出困乏的神态。

1936 年

假　山

佩弦（自清）到苏州来，我陪他看了几个花园。花园都有假山，作为园子的主要部分。假山下大都是荷花池。亭台轩榭之类就环拱着假山和池塘布置起来。佩弦虽是中年人，而且身子比较胖，却还有小孩的心性，看见假山总想爬。我是幼年时候爬熟了这几座假山了，现在再没有这种兴致，只是坐定在一处地方对着假山看看而已。

假山实在算不得一件好看的东西。乱石块堆叠起来，高高低低，凹凹凸凸，且不说天下决没有这样的山，单说阳光照在上面，明一块，暗一块，支离破碎，看去总觉得不顺眼。石块与石块的胶粘处不能不显出一些痕迹，旧了的还好，新修的用了水门汀，一道道僵白色真令人难受。玄墓山下有一景，叫作“真假山”，是山脚露出的一些石块，有洞穴，有皱襞，宛如用湖石堆成的一般。胶粘的痕迹自然没有，走近去看还可以鉴赏山石的“皱法”。然而合着玄墓山一起看，这反而成为一个破绽，跟全山的调子不协调。可观的“真假山”，依我的浅见，要算太湖中洞庭西山的石公山了。那里全山是湖石，洞穴和皱襞俯拾即是，可是浑然一气。又有几十丈高的幛壁，比虎丘“千人石”大得多的石滩，真当得上“雄奇”两字。看了石公山再来看花园里的假山，只觉得是不知哪一个石匠把他的石料寄存在这里罢了。

假山上大都种树木，盖亭子。往往整个假山都在树木的荫蔽之下，而株数并不多，少的简直只有一株。亭子里总得摆一张石桌，可以围坐几个人，一座亭子镇压着整个所谓“山峰”也是常有的事。这就显得非常不相称。你着眼在山一方面，树木和亭子未免太大了，如果着眼在树木和亭子一方面，山又未免小得可笑了。《浮生六记》里的《闲情记趣》开头说：

> 留蚊于素帐中，徐喷以烟，使其冲烟飞鸣，作青云白鹤观，果如鹤唳云端，怡然称快。于土墙凹凸处，花台小草丛杂处，常蹲其身，使与台齐，定神细观。以丛草为林，以虫蚁为兽，以土砾凸者为邱，凹者为壑，神游其中，怡然自得。

这不失为很好的幻想。作者所以能“怡然称快”“怡然自得”，在乎比拟得相称。以烟为云，自不妨以蚊为鹤；以丛草为树林，以土砾为邱壑，自不妨以虫蚁为走兽。假若在蚊帐中“徐喷以烟”，而捕一只麻雀来让它逃来逃去，或者以丛草为树林，而让一只猫蹲在丛草之上，这就凝不成“青云白鹤”和“林壑幽深”的幻想，也就无从“怡然”了。假山上长着大树，盖着亭子，情形正跟上面所说的相类。不相称的东西硬凑在一起，只使人觉得是大树长在乱石堆上，亭子盖在乱石堆上而已。

据说假山在花园中起障蔽的作用。如果全园的景物一目了然，东边望得到西边，南边望得到北边，那就太不曲折，太没有深致了。有假山障蔽着，峰回路转，又是一番景象，这才引人入胜。这个话当然可以承认，而且有一些具体的例子证明这个作用的价值。

顾家的怡园，靠西一带假山把全园的景物遮掩了，你走到假山的西边去，回廊和旱船显得异常幽静，假山下的一湾水好像是从远处的泉源通过来的（其实就是荷花池中的水），引起你的遐想。还有，拙政园的进园处类似从前衙署中的二门，如果门内留着空旷处所，从园中望出来就非常难看。当初设计的人为弥补这个缺陷，在门内堆了一座假山，使你身在园中简直看不见那一道门。可见假山的障蔽作用确有它的价值。然而障蔽不一定要用假山。在园林建筑上，花墙极受重视，也为它的障蔽作用。墙上砌成各式各样的镂空图案，透着光，约略看得见隔墙的景物。这种“隔而不隔”的手法，假若使用得适当，比较堆假山作障蔽更有意思。此外，丛树也可以作障蔽之用。修剪得法，一丛树木还可以当一幅画看。用假山，固然使花园增加了曲折和深致，但是也引起了一堆乱石之感。利弊相较，孰轻孰重，正难断言。

依传统说法，假山并不重在真有山林之趣，假山本来是假山。路径的盘曲，层次的繁复，凡是山上所有的景物，如绝壁、危梁、岩洞、石屋，应有尽有，正合“麻雀虽小，五脏俱全”的谚语，在这等地方，显出设计的人的匠心。而假山的可贵也就在此。有名的狮子林，大家都说它了不起，就为那假山具有上面所说的那些条件。我小时候还没到过狮子林，长辈告诉我说，那里的假山曲折得厉害，两个人同在山上，看也看得见，手也握得着，但是他们要走到一条路上，还得待小半天呢。后来我去了，虽然不至于小半天，走走的确要好些时间。沿着高下屈曲的路径走，一路上遇见些“具体而微”的山上应有的景物。总之是层次多，阻隔多。就从这个诀窍，产生了两个人看得见而不能立刻碰头的效果。要堆这样一座假山当然不是容易事，不比建筑整整齐齐的房屋，可以预先打好平面和剖面的图样。这大概是全凭胸中的一点意象，堆上了，看看不对就卸下，卸下了，想停当了，再堆上，这样精心经营，直到完工才得休歇。然而不容易的事不一定做成功具有艺术价值的东西。在芝麻大的一粒象牙上刻一篇《陋室铭》，难是难极了，可是这东西终于是工匠的制品，无从列入艺术之林。你在假山上爬来爬去，只觉得前后左右都是石块，逼窄得很。遇见一些峭壁悬崖，你得设想自己缩到一只老鼠那样小才有味。如果你忘不了自己是个人，让躯体跟峭壁悬崖对照，那就像走进了小人国一般，峭壁悬崖再没有什么气魄，只见得滑稽可笑了。爬到“绝顶”的时候，且不说一览宇宙之大，你总要想来一下宽广的眺望吧。但是糟得很，什么堂什么轩的屋顶就挤在你眼前，你可以辨认那遗留在瓦楞上的雀粪。真山真水若是自然手创的艺术品，假山便是人类的难能而不可贵的“匠”制。凡是可以从真山真水得到的趣味，假山完全没有。

看既没有可看，爬又无甚意趣，为什么花园里总得堆一座假山呢？山不可移。叠起一堆乱石来硬叫它山，石块当然不会提抗议。而主人翁便怡然自得，心里想：“万物皆备于我矣，我的花园里甚至有了山。”舒服得无可奈何的人往往喜爱“万物皆备于我”，古董、珍宝、奇花、异卉、美人、声伎①，样样都要，岂可独缺名山？堆了假山，虽然眼中所见的到底不是山，而心中总之有了山了，于是并无遗憾。兴到时吟吟诗，填填词，尽不妨夸张一点儿，“苍崖千丈”呀，“云气连山”呀，写上一大套征求吟台酬和，作为消闲的一法。这不过随便揣想罢了，从前的绅富爱堆假山究竟是这个意思不是，当然不能说定。

1936 年

---

① 声伎（jì）：旧时宫廷及贵族家中的歌姬舞女。

谈成都的树木

前年春间，曾经在新西门附近登城，向东眺望。少城一带的树木真繁茂，说得过分些，几乎是房子藏在树丛里，不是树木栽在各家的院子里。山茶、玉兰、碧桃、海棠，各种的花显出各种的光彩，成片成片深绿和浅绿的树叶子组合成锦绣。少陵诗道："东望少城花满烟，百花高楼更可怜。"少陵当时所见与现在差不多吧，我想。

登高眺望，固然是大观，站到院子里看，却往往觉得树木太繁密了，很有些人家的院子里接叶交柯，不留一点儿空隙，叫人想起严译《天演论》开头一篇里所说的"是离离者亦各尽天能，以自存种族而已，数亩之内，战事炽然，强者后亡，弱者先绝"，简直不像布置什么庭园。为花木的发荣滋长打算，似乎可以栽得疏散些。如果处在玩赏的观点，这样的繁密也大煞风景，应该改从疏散。大概种树栽花离不开绘画的观点。绘画不贵乎全幅填满了花花叶叶。画面花木的姿态的美，加上所留出的空隙的形象的美，才成一幅纯美的作品。满院子密密满满尽是花木，每一株的姿致都让它的朋友搅混了，显不出来，虽然满树的花光彩可爱，或者还有香气，可是就形象而言，那是毫无足观了。栽得疏散些，让粉墙或者回廊作为背景，在晴朗的阳光中，在澄初的月光中，在朦胧的朝曦暮霭中，玩赏那形和影的美，趣味必然更多。

根据绘画的观点看，庭园的花木不如野间的老树。老树经历了悠久的岁月，所受自然的剪裁往往为专门园艺家所不及，有的竟可以说全无败笔。当春新绿茏葱，生意盎然，入秋枯叶半脱，意致萧爽①，观玩之下，不但领略它的形象之美，更可以了悟若干人生境界。我在新西门外，住过两年，又常常往茶店子，从田野间来回，几株中意的老树已成熟朋友，看着吟味②着，消解了我的独行的寂寞和疲劳。

说起剪裁，联想到街上的那些泡桐树。大概由于街两旁的人行道太窄，树干太贴近房屋的缘故，修剪的时候往往只顾保全屋面，不顾到损伤树的姿态，以致所有泡桐树大多很难看。还有金河街河两岸以及其他地方的柳树，修剪起来总是毫不容情，把去年所有的枝条全都锯掉，只剩下一个光光的拳头。我想，如果修剪的人稍稍有些画家的眼光，把可以留下的枝条留下，该会使市民多受若干分之一的美感陶冶吧。

少城公园的树木不算不多，可是除了高不可攀的楠木林，都受到了随意随手的摧残。沿河的碧桃和芙蓉似乎一年不如一年了，民众教育馆一带的梅树，集成图书馆北面的十来株海棠，大多成了畸形，表示“任意攀折花木”依然是游人的习惯。虽然游人甚多，尤其是晴天，茶馆家家客满，可是看看那些“刑余”的花树以及乱生的灌木和草花，总感到进了个荒园似的。《牡丹亭·拾画》出的曲文道“早则是寒花绕砌，荒草成巢”。读着很有萧瑟之感，而少城公园给人的印象正相同。整顿少城公园要花

---

① 萧爽：犹萧飒。

② 吟味：品味。

钱，在财政困难的此刻未必有这么一笔闲钱。可是我想，除了花钱，还是有某种精神，如果没有某种精神，即使花了钱恐怕还是整顿不好的。

1945 年

我坐了木船

从重庆到汉口，我坐了木船。

木船危险，当然知道。一路上数不尽的滩，礁石随处都是。要出事，随时可以出。还有盗匪——实在是最可怜的同胞，他们种地没得吃，有力气没处出卖，当了兵经常饿肚子，没奈何只好出此下策。假如遇见了，把铺盖或者身上衣服带了去，也是异常难处的事儿。

但是，回转来想，从前没有轮船，没有飞机，历来走川江的人都坐木船。就是如今，上上下下的还有许多人在那里坐木船，如果统计起来，人数该比坐轮船坐飞机的多得多。人家可以坐，我就不能坐吗？我又不比人家高贵。至于危险，不考虑也罢。轮船飞机就不危险吗？安步当车似乎最稳妥了，可是人家屋檐边也可能掉下一片瓦来。要绝对避免危险就莫要做人。

要坐轮船坐飞机，自然也有办法。只要往各方去请托，找关系，或者干脆买张黑票。先说黑票，且不谈付出超过定额的钱，力有不及，心有不甘，单单一个“黑”字，就叫你不愿领教。“黑”字表示作弊，表示越出常轨，你买黑票，无异帮同作弊，赞助越出常轨。一个人既不能独个儿转移风气，也该在消极方面有所自守，帮同作弊，赞助越出常轨的事儿，总可以免了吧。——这自然是书生之见，不值通达的人一笑。

再说请托找关系，听人家说他们的经验，简直与谋差使一样的麻烦。在传达室恭候，在会客室恭候，幸而见了那要见的人，他听说你要设法买船票或飞机票，爱理不理地答复你说：“困难呢……下个星期再来打听吧……”于是你觉着好像有一线希望，又好像毫无把握，只得挨到下个星期再去。跑了不知多少回，总算有眉目了，又得往这一处签字，那一处盖章，看种种的脸色，候种种的传唤，为的是得一份充分的证据，可以去换一张票子。票子到手，身份可改变了，什么机关的部属，什么长的秘书，什么人的本人或是父亲，或者姓名仍旧，或者必须改名换姓，总之要与你自己暂时脱离关系。最有味的是冒充什么部的士兵，非但改名换姓，还得穿上灰布棉军服，腰间束一条皮带。我听了这些，就死了请托找关系的念头。即使饿得要死，也不定要去奉承颜色谋差使，为了一张票子去求教人家，不说我自己犯不着，人家也太费心了。重庆的路又那么难走，公共汽车站排队往往等上一个半个钟头，天天为了票子去奔跑实在吃不消。再说与自己暂时脱离关系，换上别人的身份，虽然人家不大爱惜名器，我可不愿滥用那些名器。我不是部属，不是秘书，不是某人，不是某人的父亲，我是我。我毫无成就，样样不长进，我可不愿与任何人易地而处，无论长期或是暂时。为了跑一趟路，必须易地而处，在我总觉得像被剥夺了什么似的。至于穿灰布棉军服更为难了，为了跑一趟路才穿上那套衣服，岂不亵渎了那套衣服？亵渎的人固然不少，我可总觉不忍。——这一套又是书生之见。

抱着书生之见，我决定坐木船。木船比不上轮船，更比不上飞机，千真万确。可是绝对不用请托，绝对不用找关系，也无所谓黑票。你要船，找运输行。或者自己到码头上去找。找着了，言明价钱，多少钱坐到汉口，每一块钱花得明明白白。在这一点上，我觉得木船好极了，我可以不说一句讨情的话，不看一副难看的嘴脸，堂堂正正凭我的身份东归。这是大多数坐轮船坐飞机的朋友办不到的，我可有这种骄傲。

决定了之后，有两位朋友特地来劝阻。一位从李家沱，一位从柏溪，不怕水程跋涉，为的是关爱我，瞧得起我。他们说了种种理由，设想了种种可能的障碍，结末说，还是再考虑一下的好。我真感激他们，当然不敢说不必再考虑，只好带玩笑地说“吉人天相”，安慰他们的激动的心情。现在，他们接到我平安到达的消息了，他们也真的安慰了。

1946 年

坐羊皮筏到雁滩

初次看见羊皮筏的照片在二十年前。凭这个东西可以在水上行动，像陆上坐车似的，虽然没有什么不相信，总觉得有些儿特别，有些儿异感。再说这个东西的构造也看不大清楚，胀鼓鼓的仿佛一笼馒头，说是羊皮，可不知道怎么搞的。这回到兰州，才亲眼看见羊皮筏，而且坐了羊皮筏过渡到雁滩——雁滩是黄河中的沙洲。

羊皮筏用的是整张的羊皮。我说整张，也许会引起误会，会叫人家想起做皮袄皮袍子的皮料那样的整张。因而必须赶紧说明，并不是那样展开的整张。打个比方，好比蛇蜕下来的皮，蛇爬到别处去了，蜕下来的皮留着，虽然那么瘪瘪的，可还是蛇的形状——是那样保持着原状的整张。宰羊的人剥羊皮（不用说，羊毛先剃光了），让羊皮从肌肉骨骼上蜕下来，整张上只有四个窟窿。前肢在膝盖的部位切断，一边一个窟窿。脑袋去掉，脖子的部位一个窟窿。两条后肢全去掉，臀部的一个窟窿更大。把三个窟窿拴紧，留下一个吹气（为方便起见，当然在前肢的两个里头留一个），吹足了气也把它拴紧。于是成了个长形的气囊，还看得出羊身体的形状。

四个或五六个气囊并排连成一排，看羊皮的大小而定。又把三排气囊直里连起来，就成个长方形的连接体。一个连接体少则十二个气囊，多则十五六个。在这连接体上平铺一个长方形的木架，用绳子系着。木架的结构像个横写的“册”字——当然只是大略的比拟罢了，“册”字底下没有一画，可是那架子底下有一画，“册”字只有四直，可是那架子有十多直，两直之间的距离比人的脚短些，一只脚可以在两直上踏稳。这就齐全了，羊皮筏的装置尽在于此了。

不知道一个羊皮筏有多重。看来不会太重，因为筏工用一条扁担支着它，把它背在背上，一只手按住扁担的另一头，走起来挺轻松的。有人雇乘了，讲好价钱，筏工就把它放在河沿水面上，让乘客跨上去。

还有牛皮筏，我们没看见。听说牛皮筏是装重载的，支起篷帐，里面住人，顺流而下驶往宁夏。要是把牛皮筏比作运货大卡车，那末羊皮筏就是小汽车，坐这么几个人，在近处兜兜罢了。

我们听过朋友的解说，说羊皮筏非常稳当，绝对保险，虽然看起来有些异样，跟习惯的船只很少相同之点。我们跨上去，有些晃荡，可是不比西湖里的小划子晃荡得厉害。照惯例，乘客应当两只脚踏在两条横木上，身体蹲下来，着力在两条腿上。我腿力不济，没法蹲，只好一屁股坐下来，下面贴着木条和羊皮。我们四个人，加上筏工跟一个附载的挑面粉的，筏上共载六个人。

羊皮筏吃水极浅，所以能贴近沙滩，便于上下。羊皮筏有弹力，碰着滩石就弹开来，不至于撞破，就是撞破了一个气囊，还有其他十几个气囊在，影响并不大。羊皮筏的底跟面一般大小，就是在水势大风浪猛的时候，也不过跟着波浪上落而已，无论如何打不翻。我们坐在羊皮筏上谈着这些个，觉得非常稳当的说法确然属实。还有一层，我们想，要是兰州一带羊肉的消费量不怎么大，恐怕也不会有什么羊皮筏吧。

筏工把扁担插入黄流，悠然划着——扁担的身份改变了，它又是桨，又是舵。雁滩横在前面，林木繁茂，金黄色的斜阳照着，一派气爽秋高的景象。对岸的山耸列在雁滩背后，沉默之中透着庄严。朝左望上游，朝右望下游，虽然秋季水落，还是有浩荡渺茫的气势。身下的羊皮筏太藐小了，不妨看作没有这个羊皮筏，于是我们觉得我们跟大自然更亲密了，我们浮在水面上，我们的呼吸跟黄河的流动、连山的沉默、青天的明朗息息相通。往年在四川乐山，渡江游凌云山、乌尤山，方当水涨，小划子在开阔之极的波面上晃荡，我也曾有过同样的感觉。

没有十分钟工夫就到了雁滩。从前没住人的时候，这河中的沙洲当然是雁栖息之所——雁滩原是个写实的名称。同时又富有诗情画意，古来取雁宿洲渚为题材的也不知道有几多诗篇画幅。现在滩上住着好些人家，都以种菜为业，又有公家的农场苗圃，雁大概不会下来栖息了吧。可是雁滩还是个挺耐人寻味的名称。

我们先往农场。果树上没有什么果子了，可是会客室桌子上陈列着两大盘苹果，色彩不一，又好看又大，几乎可以说耀人眼睛。招待我们的一位同志说场里苹果的品种很多，盘子里是四种。又说果子都藏在地窖里了，数量不多，还不能普遍供应。又说农场的任务之一是推广优良品种，兰州产瓜果本来有名，再在选择品种上下工夫，前途更光明了。他一边说一边让我们尝苹果，尝了一种又尝一种，把四种尝遍。

最大型的一种叫“大元帅”——这名称大概就从大型而来，皮作红绿两色，红的地方鲜红，绿的地方翠绿，味甜，入口有松爽的感觉。另一种叫“印度”，皮纯青色，入口爽脆极了，鲜美极了。第三种叫“青香蕉”，跟“印度”一样作纯青色，稍稍淡些，带着香蕉的香味。第四种叫“玉霞”，皮作黄色——像半熟的香蕉那样的黄色，口味也挺不错。很难说四种里头哪一种更好，很难想起以往吃过的苹果也有这么好，一时间尝到这些个好品种，真可以说此游一乐。

尝着好苹果，同时想起幼年吃的苹果。那是四五十年前的事了。中秋前后，苏州水果铺里苹果上市了，至多不过陈列这么五六十个，红绿色的表皮上大多印着黄锈的瘢痕，大的有铜元那么大。无所谓这种那种的分别，只知道这叫作天津苹果，老远地走海道来的。吃这种苹果也无须用刀子削皮。一般人都用大拇指的指甲从果柄的部分刮到结蒂的部分，好比在地球图上画经线，把整个苹果刮遍。于是表皮就可以撕下来。把撕了皮的苹果送到嘴边一口一口地啃，酥极了，宛如吃豆沙包子，舌头上辨得出细沙似的颗粒，咽下去有饱的感觉。我小时候以为苹果就该那么吃，苹果的味道就是那么不爽不利、粘舌腻喉的，老实说，我对苹果没有多大好感。后来在上海吃新鲜苹果，方才领略到苹果的爽脆和鲜美，好就好在这个爽脆和鲜美，小时候的认识完全不是那么一回事。可是历年吃的新鲜苹果也不算少，仿佛全比不上这回在雁滩吃的。

在雁滩谈起瓜，没吃瓜，可是在别处吃了。兰州的瓜太好了，不能不连带说一说。我要说的叫绿瓤甜瓜，属于香瓜一类。香瓜一类跟西瓜一类的主要不同点，瓤和肉可以划然分开，不像西瓜那样肉连着瓤，没有显著的界限。咱们吃西瓜吃它的瓤，吃香瓜不吃瓤，吃它的肉。这些都是大家知道的，不必细说。香瓜一类通常有黄金瓜、翠瓜，大略有些儿香味，不怎么甜，有的绝然不甜，上市的时候，咱们也爱尝一尝，应个景儿，可是总不能成为咱们的嗜好。离苏州三十六里有个乡镇叫甪直①，我在那里住过好几年，那里出产一种苹果瓜，形状像苹果，小饭碗那么大，青皮绿肉，比一般黄金瓜甜些，苏州一带认为名贵的品种，实际上也不过如此。兰州的绿

---

① 甪（lù）直：地名，在江苏南部。

瓤甜瓜也大略像苹果，有儿童玩的小足球那么大，皮作白色，白里带黄，并不好看，切开来可好看了，嫩绿的肉好像上品的翡翠。咬一口那嫩绿的肉，水分多，味道甜而鲜，稍稍咀嚼几下，就那么和润地咽下去，仿佛没有什么质料似的。吃过一两块，只觉得甜美清凉直透心脾，真可以说无上的享受。这种瓜可以久藏，到春节的时候拿出来，是绝妙的岁朝①清赏。

还得说一说哈密瓜。兰州市街在一个拐角处聚集着好些家回民开设的铺子，贩卖新疆的土产特产，哈密瓜就在那里买。哈密瓜也属于香瓜一类，形状像橄榄球，大小也相当。皮作暗绿色，粗糙，有细碎的并不深刻的裂纹。切开来，肉作淡黄色——也可以说淡红色，跟南瓜差不多。甜味似乎比绿瓤甜瓜厚些，不如绿瓤甜瓜的清，水分也比较少些。哈密瓜声名很大，在往时，绝大多数人仅闻其名，不知道究竟是怎么样一件东西。往后交通日益发展，铁路网像蜘蛛网似的结起来，一方面产地讲究培植，提高产量，我想，哈密瓜和兰州的绿瓤甜瓜、“大元帅”之类必然会在各地水果铺里出现，家喻户晓，像广东香蕉、天台柑橘一样。

说得远了，现在回到雁滩。我们吃过苹果，就出来随处看看。这里是苹果树，那里是梨树、桃树。白杨的苗木密密地插在那里，只看见平行的直杆子。沙路旁边的槐树伸展着近乎羽状的叶片。垂柳倒挂下来，叶子一动不动，虽然到了深秋时节，仿佛还不预备凋零似的。四围寂然，只听见黄河流动的静静的声音。

这雁滩是兰州人游息的地方，尤其在夏天。工作人员逢到假日来这里消磨这么一天半天，好在四围全有树木，无论上午下午都可以遮荫，沙地上坐坐躺躺又是挺舒服的。放暑假的学生几乎把这里

---

① 岁朝：农历正月初一。

看作第二学校，大伙聚在一块儿，看一回书，做一回游戏，开一个什么会，比平时的学校生活还要愉快。兰州夏天本来不怎么热，这雁滩尤其凉爽。在这凉爽的境界里，看那庄严静穆的山峦、浩荡渺茫的黄河，看那山光水色随着朝晚阴晴而变化，简直是精神上洗一回澡，洗得更见清新，更见深湛。

好些个农民挑着满担的花菜往河边，搭乘羊皮筏。那花菜是才在地里割的，赶紧挑出去，下一天早晨兰州市上就有“还没断气”的新鲜花菜。

暮色压下来了，压着连山，压着林木，压着黄河，也压着我们的眉梢。于是我们又跨上羊皮筏。

1954 年 1 月 10 日

登雁塔

雁塔在西安城外东南面。那天上午10点，我们出西安南门往雁塔。远远望见好些正在兴修的建筑工程，木头构成的工作架跟林木相映衬。听说这些全是文教机关的房屋，西安南郊将来是个文化区。没打听究竟是哪些文教机关，单知道其中有个体育运动场，面积七百多亩，有田径赛场、各种球场、风雨操场、滑冰场、游泳池，可以容纳观众十万人以上——规模够大了。

在以往历史上，有没有一个时期像今天这样在全国范围内搞基本建设的？且不说工矿方面的基本建设，单说机关、学校、公共场所的兴修，修成之后将在那里办理人民的公务，培养少年、青年乃至成人，使他们具有堪以献身的精神体魄，像今天这样的情形在以往历史上有过没有？我不曾下工夫查考，可是我敢于断定不会有。我这个断定从以往社会的性质而来。那时候无非兴修些帝王的宫殿、公侯的宅第、贵介①的别墅，或者地主富商修些房子自己住，租给人家收租钱，等于放高利贷，再就是勉强过得去的人家搭这么三间两间聊避风雨。除此而外，哪儿会有为了群众的利益招工动众，大规模地兴修房屋的？

---

① 贵介：尊贵、富贵者。

这么想着，不觉雁塔早已在望。原地颇有高下，可是坡度极平缓，车行不感颠簸。不多久就到了雁塔所在的慈恩寺门前。

进门一望，只觉景象跟一般寺院不大一样。殿宇亭台不怎么宏大，空地特别宽广，又有栽得很整齐的林木、蒙络荫翳的灌木丛、略有丘壑之势的小土丘，树荫之下立着好些个埋葬僧人的小石塔，形制古朴有致。这就成个园林的布置，佛殿只是整个园林的一个组成部分，不像杭州的灵隐寺那样，一进门只见回廊、大殿、经院、僧房，虽然并不逼仄，总叫人感觉不太舒畅。多数寺院都属于灵隐寺一派，而这个慈恩寺仿佛一座园林，我说它跟一般寺院不大一样就在此。这寺院当然不是唐朝的旧观，可是眼前的这个布置尽够叫人满意了，何况单提慈恩寺这个名字就叫人发生历史的感情。这是玄奘法师翻译佛经的场所，寺里的雁塔是玄奘法师所倡修，玄奘法师那样艰苦卓绝地西行求法，那样绝对认真地搞翻译工作，永远是中国人的骄傲，永远是中国人的一种典范，谁信佛法谁不信佛法并没关系。

台阶两旁立着好些题名碑，题名的是明清两朝乡试中举的人。唐朝有新进士雁塔题名的故事，后代人似乎非模仿一下不可，可是京城不在西安，新进士不会在西安会集，于是轮到新举人。写篇记，刻块碑，把名字附上，也算表示了他们的显荣和雅兴。看那些记文，说法都差不多。本来就是那么一回事，题材那么枯窘，有什么新鲜的意思好说的？我们不耐一一细看，我们登雁塔要紧。

雁塔在慈恩寺的后院。不知道实测究竟有多高，相传是三百尺，耸然立在那里。塔作方形，共七层，一层比一层缩进些，叫人起稳定之感。每层每面有个拱形的门框。最下一层的门框是进塔去的过道，东南西北四面都可以进去。从第二层起，四面门框全装栅栏，游人可以靠着栅栏眺望。我们从南面的拱门进去，走完过道，塔中心空无所有，只靠墙架着两架扶梯。扶梯作直角的曲折，几个曲折才到第二层。猜想所以架两架扶梯之故，一来是游人多的时候可以分散些，二来是最下一层地位宽，容得下两架扶梯，两架扶梯之外还大有回旋余地，你看，从第二层起就只一架扶梯了。

杜工部《同诸公登慈恩寺塔》诗中有“仰穿龙蛇窟，始出枝撑幽”的句子，写的正是从最下一层往上爬的印象。那里过道比较深，进去的光线不多，骤然走进去尤其觉得昏暗。于是杜老想象这么昏暗的所在该是龙蛇的窟穴吧。到了第二层，光线从四面而来，就觉得豁然开朗，出了“幽”境——“枝撑”指塔内的木材构筑。

第二层齐扶梯的顶铺地板，以上五层都一样。有了这地板，才可以走到拱门那里，爱望哪一面就望哪一面，又可以歇歇脚，透透气，再往上爬。要是没有这地板，扶梯接扶梯一直往上，且不说没法从从容容地眺望一番，开开眼界，就是从下朝上、从上朝下望望，那么一个又高又空的塔中心，那么些曲折不尽的扶梯，就够叫人目眩心惊腿软的了——地板稳定了游人的情绪，无论在哪一层，仿佛在一间楼房里似的。

同伴说我力弱，不必爬到第七层，爬这么两三层就可以了。我也想，如果要勉强而行——而且是过分地勉强，那当然不必。可是我升高一层歇一会儿，四面望望，再升高一层，虽然呼吸不怎么平静，心跳越来越强，两条腿越来越重，总还觉得支持得下，没有什么大不了，结果我居然爬上了第七层。可以说是勉强而行，然而不是过分地勉强。在某些场合——比游览重要得多的场合，只要意志坚强，有时候连过分地勉强也有所不避，勉强让意志给克服了，也无所谓勉强了。

在最高一层四望，因为天气浓阴，空中浮着云气，只觉一片混茫，正如杜老诗中所说的“俯视但一气”，南面既望不见终南山，朝西北望，贴近的西安城市也不太清楚。至于杜老所说的“七星在北户，河汉声西流”，那根本是想象，并非他登塔当时的实景。我们未尝不可以作同样的想象，这么想象就好像我们自身扩大了，其大无外的宇宙也不见得怎么大似的。

一层一层下去当然比上来容易，可是每下一层也得歇一歇，免得头昏眼花。出了最下一层的拱门，我们坐在台阶上休息。坐不久又不免站起来看看，原来拱门内过道的石壁上全是刻字，起初挤在游人丛中急于登塔，竟不曾留意。刻的大多是诗篇，各体的诗，各体的书法，各个朝代的年号，还有各个风雅的题壁人的名字。这且不说，单说一点。后代的题壁人见壁上早已刻满，再没空地位，就把自己的文字刻在前代人的题壁上，你小字，我大字，你细笔画，我粗笔画，总之，抹杀你的，光有我的。这样强占豪夺的风雅，未免风雅过分了。

最下一层四面拱门的门楣上都有石刻画，我以为最值得细看。刻的是佛故事，人物和背景全用细线条阴刻。依我外行人的见解，细线条的画最见功夫，你必须在空白的幅画上找到最适当最美妙的每一条线条的位置，丝毫游移不得，你的手腕又必须恰好地描出每一条线条，丝毫差错不得，太弱太强也不成。所以画家必须先在心目中创造完美的形象，又有得心应手的熟练技巧，才能够画成细线条的好作品。最近故宫博物院布置绘画馆，在第一陈列室的正中间挂一小幅敦煌发现的唐朝人的佛像图，全用细线条，我看了很中意。现在这门楣上的石刻画，可以说跟绘画馆的那一幅同一格调、同一造诣。雁塔经过几次重修，连层数也有所改动，建筑材料当然有所更换，可是一般相信底层没大动，门楣石该是唐朝的原物，石上的图画该是唐朝人的手笔。这就无怪乎跟敦煌保藏的唐画相类了。据梁思成先生《敦煌壁画中所见的古代建筑》那篇文章，西面门楣上的画以佛殿为背景，精确地画出柱、枋、斗拱、台基、椽檐、屋瓦以及两侧的回廊，是极其珍贵的建筑史料，可以窥见盛唐时代的建筑规模。

南面拱门两旁各陈列一块褚遂良写的碑。石壁凹陷进去，砌成龛形，碑立在里面，前面装栅栏，使游人可望而不可即。一块是唐太宗所撰的《大唐三藏圣教之序》，一块是唐高宗所撰的《大唐三藏圣教序记》——这块碑从左往右一行一行地写，有些特别，用意在跟前一块碑对称，成为“合欢式”。褚遂良的书法不用说，单说那碑石经历了一千四百年，文字还很完整，笔画还有锋棱，可见石质之坚致。西安好些石碑大都如此，大概用的“青石出自蓝田山”的青石吧。向来玩碑的无非揣摩书法，考证故实，注意到碑额、碑趺和碑旁的装饰雕刻是比较后起的事情。其实好些石碑的装饰雕刻尽有好作品，大可供研究雕刻艺术的人观摩。就是这两块褚碑，两边的蔓草图案工整而不板滞，已经很够味了。碑趺的天人舞乐的浮雕尤其可爱。那是浮雕而超乎浮雕，有些部分竟是凌空的立体。雕刻不怎么工细，可是人物的姿态极其生动，舞带回环，仿佛在那里飘动似的。两碑雕的都是一个舞蹈的在中间，奏乐的分在两边（一块上是奏管乐，一块上是奏弦乐），两两对称，显出图案的意味。碑额雕的什么，可恨我的记忆力太差，记不起了，只好不说。

曲江池在慈恩寺东面不远。曲江池这个名字在唐朝人的诗里见得很多，其地既然近在眼前，我们应当去看看。

一路上陂陀①起伏，车时而上行，时而下行——所谓黄土平原原不像操场、运动场那样平。在比较高的地点眺望，只见四面地势高起，环抱着一块低洼地，田亩而外就是树林，虽然时令在秋季，浓

① 陂（pí）陀：倾斜不平。

阴笼罩着茂密的树木，倒叫人发生阳春烟景的感觉。我们知道这就是所谓曲江池了。曲江原是个人工池，水是浐河的水，唐玄宗开元年间引过来的。到唐朝末年，大概是通道阻塞了，池就干了，变为田亩。

在盛唐时代，这曲江池四围尽是公侯宅第，楼台亭榭大多临水，花柳相映，水光明澈，繁华景象可以想见。曲江池又是当时长安人游乐处所。逢到三月上巳①、九月重阳，游人尤其多，不论贫富贵贱，大家要来应个景儿。池中荡着彩船，堤上挤着车马，做生意的陈列着四方货品，走江湖的表演着各种杂技，吹弹歌唱，玩球竞马，凡是享受取乐的玩意儿，在这里集了个大成。又因当时河西走廊畅通，文化交流极盛，形形色色都掺杂着异域的情调和色彩，更见得这里来凑个热闹可喜可乐。——照我猜想，当时情形大概跟《彼得大帝》影片里的某些场面相仿，逢到节日良辰，皇帝、贵族还肯跟庶民混在一块儿寻欢取乐，不摆出肃静回避、容我独享的臭架子。按封建时代说，这就很不错了。

至于现在，游了慈恩寺、登了雁塔的，多半要来曲江池走走，慈恩寺和曲江池自然联成个没有名称没有围墙的公园。这是个普通的星期日，而且天气阴沉，可是曲江池游人尽多。这边是一队少年先锋队在且行且唱，那边是一批工人在闲步眺望，机关里的男女干部，乡村里的小姑娘、老太太，结伴而来，兴致挺好，笑语嘻嘻哈哈的，脚步轻轻松松的。几年以来，大家已经养成习惯，工作的日子出劲工作，休假的日子认真玩乐。郊外既然有这么个好所在，谁不爱来走一走、乐一乐？一条马路正在修筑，从城里的解放路（东半边的南北干路）直通雁塔，城里人出来更方便了。一方面体育运动

① 上巳（sì）：俗称三月三，是中国民间的传统节日。

场也快完工。将来逢到四野花开的时节，春季晴朗的日子，或者运动会举行的期间，城里人必将倾城空巷而出，乡里人也必闹闹挤挤地出来享受他们的一份儿。这样的盛况是可以预想的。既有这新时代的盛况，封建时代的盛况也就没有什么可以留恋了。

曲江池附近有一道陷落五六丈的土沟，王宝钏的“寒窑”就在沟里。王宝钏原是“亡是公①”“乌有先生”一流人物，她的“寒窑”当然在“无何有之乡”，可是偏有人要指实它，足见戏剧影响社会之深。舞台上既然演《别窑》和《探窑》，那“寒窑”怎能没有个实在地点？《宝莲灯》里有劈山救母的故事，就有人在华山上指明斧劈的处所（这是听人说的，并未亲见），理由也在此。我们走下土沟去看，原来是个小小的庙宇，中间供泥塑女像，上面挂“有求必应”的匾额，王宝钏成了神了。身份虽然改变，实际还是一样——神不是也属于“亡是公”“乌有先生”一流吗？庙宇实在没有什么可看，倒是庙门前的两棵白杨值得赏玩，又高又挺拔，气概非凡。回到原上看，那两棵白杨的上截高过原面一丈左右。

1954 年 1 月 21 日

① 亡是公：指不存在的人或物。

游了三个湖

这回到南方去，游了三个湖。在南京，游玄武湖，到了无锡，当然要望望太湖，到了杭州，不用说，四天的盘桓离不了西湖。我跟这三个湖都不是初相识，跟西湖尤其熟，可是这回只是浮光掠影地看看，写不成名副其实的游记，只能随便谈一点儿。

首先要说的，玄武湖和西湖都疏浚了。西湖的疏浚工程，做的五年的计划，今年4月初开头，听说要争取三年完成，每天挖泥船轧轧轧地响着，连在链条上的兜儿一兜兜地把长远沉在湖底里的黑泥挖起来。玄武湖要疏浚，为的是恢复湖面的面积，湖面原先让淤泥和湖草占去太多了。湖面宽了，游人划船才觉得舒畅，望出去心里也开朗。又可以增多渔产，湖水宽广，鱼自然长得多了。西湖要疏浚，主要为的是调节杭州城的气候。杭州城到夏天，热得相当厉害，西湖的水深了，多蓄一点儿热，岸上就可以少热一点儿。这些个都是顾到居民的利益。顾到居民的利益，在从前，哪儿有这回事？只有现在的政权，人民自己的政权，才当做头等重要的事儿，在不妨碍国家社会主义工业化的前提之下，非尽可能来办不可。听说，玄武湖平均挖深半公尺以上，西湖准备平均挖深一公尺。

其次要说的，三个湖上都建立了疗养院——工人疗养院或者机关干部疗养院。玄武湖的翠洲有一所工人疗养院，太湖、西湖边上到底有几所疗养院，我也说不清。我只访问了太湖边中犊山的工人疗养院。在从前，卖力气淌汗水的工人哪有疗养的份儿？害了病还不是咬紧牙关带病做活，直到真个挣扎不了，跟工作、生命一齐分手？至于休养，那更是做梦也想不到的事儿，休养等于放下手里的活闲着，放下手里的活闲着，不是连吃不饱肚子的一口饭也没有着落了吗？只有现在这时代，人民当了家，知道珍爱创造种种财富的伙伴，才要他们疗养，而且在风景挺好、气候挺适宜的所在给他们建立疗养院。以前人有句诗道，“天下名山僧占多”。咱们可以套用这一句的意思说，目前虽然还没做到，往后一定会做到，凡是风景挺好、气候挺适宜的所在，疗养院全得占。僧占名山该不该，固然是个问题，疗养院占好所在，那可绝对地该。

又其次要说的，在这三个湖边上走走，到处都显得整洁。花草栽得整齐，树木经过修剪，大道小道全扫得干干净净，在最容易忽略的犄角里或者层背后也没有一点儿垃圾。这不只是三个湖边这样，可以说哪儿都一样。北京的中山公园、北海公园不是这样吗？撇开园林、风景区不说，咱们所到的地方虽然不一定栽花草、种树木，不是也都干干净净，叫你剥个橘子吃也不好意思把橘皮随便往地上扔吗？就一方面看，整洁是普遍现象，不足为奇。就另一方面看，可就大大值得注意。做到那样整洁绝不是少数几个人的事儿。固然，管事的人如栽花的，修树的，扫地的，他们的勤劳不能缺少，整洁是他们的功绩。可是，保持他们的功绩，不让他们的功绩一会儿改了样，那就大家有份，凡是在那里、到那里的人都有份。你栽得整齐，我随便乱踩，不就改了样吗？你扫得干净，我嗑瓜子乱吐瓜子皮，不就改了样吗？必须大家不那么乱来，才能保持经常的整洁。解放以来属于移风易俗的事项很不少，我想，这该是其中的一项。回想过去时代，凡是浏览地方、公共场所，往往一片凌乱，一团肮脏，那种情形永远过去了，咱们从“爱护公共财物”的公德出发，已经养成了到哪儿都保持整洁的习惯。

现在谈谈这回游览的印象。

出玄武门，走了一段堤岸，在岸左边上小划子。那是上午九点光景，一带城墙受着晴光，在湖面和蓝天之间划一道界限。我忽然想起四十多年前头一次游西湖，那时候杭州靠西湖的城墙还没拆，在西湖里朝东看，正像在玄武湖里朝西看一样，一带城墙分开湖和天。当初筑城墙当然为的防御，可是就靠城的湖来说，城墙好比园林里的回廊，起掩蔽的作用。回廊那一边的种种好景致，亭台楼馆，花坞假山，游人全看过了，从回廊的月洞门走出来，瞧见前面别有一番境界，禁不住喊一声“妙”，游兴益发旺盛起来，再就回廊这一边说，把这一边、那一边的景致合在一块儿看也许太繁复了，有一道回廊隔着，让一部分景致留在想象之中，才见得繁简适当，可以从容应接。这是园林里修回廊的妙用。湖边的城墙几乎跟回廊完全相仿。所以西湖边的城墙要是不拆，游人无论从湖上看东岸或是从城里出来看湖上，就会感觉另外一种味道，跟现在感觉的大不相同。我也不是说西湖边的城墙拆坏了。湖滨一并排是第一公园至第六公园，公园东面隔着马路，一带相当齐整的市房，这看起来虽然繁复些儿，可是照构图的道理说，还成个整体，不致流于琐碎，因而并不伤美。再说，成个整体也就起回廊的作用。然而玄武湖边的城墙，要是有人主张把它拆了，我就不赞成。不知道为什么，我总觉得那城墙的线条，那城墙的色泽，跟玄武湖的湖光、紫金山复舟山的山色配合在一起，非常调和，看来挺舒服，换个样儿就不够味儿了。

这回望太湖，在无锡鼋头渚，又在鼋头渚附近的湖面上打了个转，坐的小汽轮。鼋头渚在太湖的北边，是突出湖面的一些岩石，布置着曲径蹬道、回廊荷池、丛林花圃、亭榭楼馆，还有两座小小的僧院。整个鼋头渚就是个园林，可是比一般园林自然得多，何况又有浩渺无际的太湖做它的前景。在沿湖的石上坐下，听湖波拍岸，挺单调，可是有韵律，仿佛觉得这就是所谓静趣。南望马迹山，只像山水画上用不太淡的墨水涂上的一抹。我小时候，苏州城里卖芋头的往往喊“马迹山芋艿”。抗日战争时期，马迹山是游击队的根据地。向来说太湖七十二峰，据说实际不止此数。多数山峰比马迹山更淡，像是画家蘸着淡墨水在纸面上带这么一笔而已。至于我从前到过的满山果园的东山，石势雄奇的西山，都在湖的南半部，全不见一丝影儿。太湖上渔民很多，可是湖面太宽阔了，渔船并不多见，只见鼋头渚的左前方停着五六只。风轻轻地吹动桅杆上的绳索，此外别无动静。大概这不是适宜打鱼的时候。太阳渐渐升高，照得湖面一片银亮。碧蓝的天空中飘着几朵若有若无的簿云。要是天气不好，风急浪涌，就会是一幅完全不同的景色。从前人描写洞庭湖、鄱阳湖，往往就不同的气候、时令着笔，反映出外界现象跟主观情绪的关系。画家也一样，风雨晦明，云霞出没，都要研究那光和影的变化，凭画笔描绘下来，从这里头就表达出自己的情感。在太湖边作较长时期的流连，即使不写什么文章，不画什么画，精神上一定会得到若干无形的补益。可惜我来也匆匆，去也匆匆，只能有两三个钟头的勾留。

刚看过太湖，再来看西湖，就有这么个感觉，西湖不免小了些儿，什么东西都挨得近了些儿。从这一边看那一边，岸滩、房屋、林木，全都清清楚楚，没有太湖那种开阔浩渺的感觉。除了湖东岸没有山，三面的山全像是直站到湖边，又没有衬托在背后的远山。于是来了个总的印象：西湖仿佛是盆景。换句话说，有点儿小摆设的味道。这不是给西湖下贬词，只是直说这回的感觉罢了。而且盆景也不坏，只要布局得宜。再说，从稍微远一点儿的地点看全局，才觉得像个盆景，要是身在湖上或是湖边的某一个所在，咱们就成了盆景里的小泥人儿，也就没有像个盆景的感觉了。

湖上那些旧游之地都去看看，像学生温习旧课似的。感觉最舒坦的是苏堤。堤岸正在加宽，拿挖起来的泥壅一点儿在那儿，巩固沿岸的树根。树栽成四行，每边两行，是柳树、槐树、法国梧桐之类，中间一条宽阔的马路。妙在四行树接叶交柯，把苏提笼成一条绿荫掩盖的巷子，掩盖而绝不叫人觉得气闷，外湖和里湖从错落有致的枝叶间望去，似乎时时在变换样儿。在这条绿荫的巷子里骑自行车该是一种愉快的事。散步当然也挺合适，不论是独个儿、少数几个人还是成群结队。以前好多回经过苏堤，似乎都不如这一回，这一回所以觉得好，就在乎树补齐了而且长大了。

灵隐也去了。四十多年前，头一回到灵隐就觉得那里可爱，以后每到一回杭州总得去灵隐，一直保持着对那里的好感。一进山门就望见对面的飞来峰，走到峰下向右拐弯，通过春淙亭，佳境就在眼前展开。左边是飞来峰的侧面，不说那些就山石雕成的佛像，就连那山石的凹凸、俯仰、向背，也似乎全是名手雕出来的。石缝里长出些高高矮矮的树木，苍翠，茂密，姿态不一，又给山石添上点缀。沿峰脚是一道泉流，从西往东，水大时候急急忙忙，水小时候从从容容，泉声就有宏细疾徐的分别。道跟泉流平行。道左边先是壑雷亭，后是冷泉亭，在亭子里坐，抬头可以看飞来峰，低头可以看冷泉。道右边是灵隐寺的围墙，淡黄颜色。道上多的是大树，又大又高，说“参天”当然嫌夸张，可真做到了“荫天蔽日”。暑天到那里，不用说，顿觉清凉，就是旁的时候去，也会感觉“身在画图中”，自己跟周围的环境融和一气，挺心旷神怡的。灵隐的可爱，我以为就在这个地方了。道上走走，亭子里坐坐，看看山石，听听泉声，够了，享受了灵隐了。寺里头去不去，那倒无关紧要。

这回在灵隐道上大树下走，又想起常常想起的那个意思。我想，无论什么地方，尤其在风景区，高大的树是宝贝。除了地理学、卫生学方面的好处而外，高大的树又是观赏的对象，引起人们的喜悦不比一丛牡丹、一池荷花差，有时还要胜过几分。树冠和枝干的姿态，这些姿态所表现的性格，往往很耐人寻味。辨出意味来的时候，咱们或者说它“如画”，或者说它“入画”，这等于说它差不多是美术家的创作。高大的树不一定都“如画”“入画”，可是可以修剪，从审美观点来斟酌。一般大树不比那些灌木和果树，经过人工修剪的不多，风吹断了枝，虫蛀坏了干，倒是常有的事，那是自然的修剪，未必合乎审美观点。我的意思，风景区的大树得请美术家鉴定，哪些不用修剪，哪些应该修剪。凡是应该修剪的，动手的时候要遵从美术家的指点，唯有美术家才能就树的本身看，就树跟环境的照应配合看，决定怎么样叫它“如画”“入画”。我把这个意思写在这里，希望风景区的管理机关考虑，也希望美术家注意。我总觉得美术家为满足人民文化生活的要求，不但要在画幅上用功，还得扩大范围，对生活环境的布置安排也费一份心思，加入一份劳力，让环境跟画幅上的创作同样地美——这里说的修剪大树就是其中一个项目。

1954 年 12 月 18 日

黄山三天

我游黄山只有三天，真用得上“窥豹一斑”那个成语。可是我还是要写这篇简略的游记，目的在劝人家去游。有心研究植物的可以去。我虽然说不清楚，可是知道植物种类一定很多。山高将近两千公尺，从下层到最高处该可以把植物分成几个主要的族类来研究。研究地质矿石的也可以去。谁要是喜欢爬山翻岭，锻炼体力和意志，那么黄山真是个理想的地方。那么多的山峰尽够你爬的，有几处相当险，需要你付出十二分的小心，满身的大汗。可是你也随时得到报酬，站在一个新的地点，先前见过的那些山峰又有新的姿态了。就说不为以上说的那些目的，光到那里去看看大自然，山啊，云啊，树木啊，流泉啊，也可以开开眼界，宽宽胸襟，未尝没有好处。

从杭州依杭徽公路到黄山大约三百公里。公共汽车可以到黄山南边脚下的汤口，小包车可以再上去一点儿，到温泉。温泉那里有旅馆。山上靠北边的狮子林那里也有旅馆。山上中部偏南的文殊院原来可以留宿，1952 年烧毁了，现在就文殊院原址建筑旅馆，年内可以完工。住狮子林便于游黄山的北部和西部，住文殊院便于游中部，主要是天都峰和莲花峰。

上山下山的路上全都铺石级，宽的五六尺，窄的不到三尺。路在裸露的大石上通过，就凿石成级。大石面要是斜度大，凿成的石级就非常陡，旁边或者装一道石栏或者拦一条铁索。山泉时时渗出，石上潮湿，路旁边又往往是直下绝壁，这样的防备是必要的。

现在约略说一说我们所到的几处地方。写游记最难叫读者弄清楚位置和方向，前啊，后啊，左啊，右啊，说上一大堆，读者还是捉摸不定。我想把它说清楚，恐怕未必真能办到。我们所到的地点，温泉最南，狮子林最北，这两处几乎正直。我们走的东路，先到温泉东边的苦竹溪，在那里上山。一路取西北方向，好比是直角三角形的一条弦，经过九龙瀑、云谷寺，最后到狮子林住宿，那里的高度大约一千七百公尺。这段路据说是三十多里。第二天下了一天的雨，旅馆楼窗外一片白茫茫，什么都看不见。台阶前几棵松树，有时只显出朦胧的影子，有时也完全看不见。偶尔开门，雾气就卷进屋来。当然没法游览了，只好守在小楼上听雨。第三天放晴，我们登了狮子林背面的清凉台，又登了狮子林偏东南的始信峰，然后大体上向南走，到了光明顶。在这两三个钟点内，我们饱看了“云海”。有些游客在山上守了好几天，要看“云海”，终于没看成，快快而下。我们不存一定要看到的想头，却碰巧看到了。在光明顶南望天都峰和莲花峰，天都在东，莲花在西，两峰之间就是文殊院。从前有人说天都最高，有人说莲花最高，据说最近实测，光明顶最高。那里正在建筑房屋，准备测量气象的人员在那里经常工作。我们绕过莲花峰的西半边到文殊院，又绕过天都峰的西南脚，一路而下，回到温泉。说绕过，可见这段路的方向时时改变，可是大体上还是向南。从狮子林曲折向南，回到温泉，据说也是三十多里。我们所到的只是黄山东半边靠南的部分，整个黄山究竟有多大，我没有参考什么图籍，说不上。

以下就前一节提到的分别记一点儿。

九龙瀑曲折而下，共九截，第二截最长。形式很有致，可惜瘦些。山泉大的时候，应该更可观。附带说一说人字瀑。人字瀑在温泉旅馆那儿。高处山泉流到大石壁的顶部，分为左右两道，沿着石壁的边缘泻下，约略像个人字。也嫌瘦，瘦了就减少了瀑布的意味。

云谷寺没有寺了，只留寺基。台阶前有一棵异萝松，说是树上长着两种不同形状的叶子。我们仔细察看，只见一枝上长着长圆形的小叶子，跟绝大部分的叶子不同。就绝大部分的叶子形状和翠绿色看来，那该是柏树，不知道为什么叫它松。年纪总有几百岁了。

清凉台和始信峰的顶部都是稍微向外突出的悬崖，下边是树木茂密的深壑。站脚处很窄，只能容七八个人，要不是有石栏杆，站在那儿不免要心慌。如果风力猛，恐怕也不容易站稳。文殊院前边的文殊台比较宽阔些，可是靠南突出的东西两块大石，顶部凿平，留着边缘作自然的栏杆，那地位更窄了，只能容两三个人。光明顶虽是黄山最高处，却比较开阔平坦，到那里就像在平地上走一样。

我们就在前边说的几处地方看“云海”。望出去全是云，大体上可以说铺平，可是分别开来看，这边荡漾着又细又缓的波纹，那边却涌起汹涌澎湃的浪头，千姿万态，尽够你作种种想象。所有的山全没在云底下，只有几座高峰露顶，作暗绿色，暗到几乎黑，那自然可以想象作海上的小岛。

在光明顶看天都峰和莲花峰，因为是平视，看得最清楚。就岩石的纹理看，用中国画的术语就是就岩石的皴法看，这两个峰显然不同。天都峰几乎全都是垂直线条，所有线条排得相当密，引起我们一种高耸挺拔的感觉。莲花峰的岩石大略成莲花瓣的形状，一瓣瓣堆叠得相当整齐，就整个峰看，我们想象到一朵初开的莲花。莲花峰这个名称不知道是谁给取的，居然形容得那么切当。

前边说我们绕过莲花峰的西半边到文殊院，这条路很不容易走。道上要经过鳌鱼背。鳌鱼背是巨大的岩石，中部高起，坡度相当大。凿在岩石上的石级又陡又窄，右手边望下去是绝壁。下了鳌鱼背穿过鳌鱼洞，那是个天然的洞，从前人修山路就从洞里通出去。出了洞还得爬上百步云梯，又是很陡很险的石级。这才到达文殊院。

从文殊院绕过天都峰的西南角，这条路也不容易走。极窄的路介在石壁之间，石壁渗水，石级潮湿，立脚不稳就会滑倒。有几处石壁倾斜，跟对面的石壁构成个不完整的山洞，几乎碰着我们的头顶，我们就非弓着身子走不可。

走完了这段路，我们抬头望爬上天都峰的路，陡极了，大部分有铁链条作栏杆。我们本来不准备上去，望望也够了。据说将要到峰顶的时候有一段路叫鲫鱼背，那是很窄的一段山脊，只容一个人过，两边都没依傍，地势又那么高，心脏不强健的人是决不敢过的。一阵雾气浮过，顶峰完全显露，我们望见了鲫鱼背，那里也有铁链条。我想，既然有铁链条，大概我也能过去。

我们也没上莲花峰。听说登莲花峰顶要穿过几个洞，像穿过藕孔似的。山峰既然比作莲花，山洞自然联想到藕孔了。

现在说一说温泉。我到过的温泉不多，只有福州、重庆、临潼几处。那几处都有硫黄味。黄山的温泉却没有。就温度说，比那几处都高些，可也并不热得叫人不敢下去。池子里小石粒铺底，起沙滤作用，因而水经常澄清。坐在池子里的石块上，全身浸在水里，只露出个脑袋，伸伸胳膊，擦擦胸脯，温热的感觉遍布全身，舒畅极了。这个温泉的温度据说能自然调节，天热的时候凉些，天凉的时候热些。我想这或许是由于人的感觉，泉水的温度跟大气的温度相比，就见得凉些热些了。这个猜想对不对，不敢断定。

我们在狮子林宿两宵，都盖两条被。听雨那一天留心看寒暑表，清早是华氏六十度，后来升到六十二度。那一天是8月29日。31日回到杭州，西湖边是八十六度。黄山上半部每年3月底4月初还可能下雪，11月间就让冰雪封了。最适宜上去游览的当然是夏季。

1955年9月5日

记金华的两个岩洞

今年4月14日，我在浙江金华，游北山的两个岩洞，双龙洞和冰壶洞。洞有三个，最高的一个叫朝真洞，洞中泉流跟冰壶、双龙上下相贯通，我因为足力不济，没有到。

出金华城大约五公里到罗甸。那里的农业社兼种花，种的是茉莉、白兰、珠兰之类，跟我们苏州虎丘一带相类，但是种花的规模不及虎丘大。又种佛手，那是虎丘所没有的。据说佛手要那里的土培植，要双龙泉水灌溉，才长得好，如果移到别处，结成的佛手就像拳头那么一个，没有长长的指头，不成其为“手”了。

过了罗甸就渐渐入山。公路盘曲而上，工人正在填石培土，为巩固路面加工。山上几乎开满映山红，比较盆栽的杜鹃，无论花朵和叶子，都显得特别有精神。油桐也正开花，这儿一丛，那儿一簇，很不少。我起初以为是梨花，后来认叶子，才知道不是。丛山之中有几脉，山上砂土作粉红色，在他处似乎没有见过。粉红色的山，各色的映山红，再加上或深或淡的新绿，眼前一片明艳。

一路迎着溪流。随着山势，溪流时而宽，时而窄，时而缓，时而急，溪声也时时变换调子。入山大约五公里就到双龙洞口，那溪流就是从洞里出来的。

在洞口抬头望，山相当高，突兀森郁，很有气势。洞口像桥洞似的作穹形，很宽。走进去，仿佛到了个大会堂，周围是石壁，头上是高高的石顶，在那里聚集一千或是八百人开个会，一定不觉得拥挤。泉水靠着洞口的右边往外流。这是外洞，因为那边还有个洞口，洞中光线明亮。

在外洞找泉水的来路，原来从靠左边的石壁下方的孔隙流出。虽说是孔隙，可也容得下一只小船进出。怎样小的小船呢？两个人并排仰卧，刚合适，再没法容第三个人，是这样小的小船。船两头都系着绳子，管理处的工友先进内洞，在里边拉绳子，船就进去，在外洞的工友拉另一头的绳子，船就出来。我怀着好奇的心情独个儿仰卧在小船里，遵照人家的嘱咐，自以为从后脑到肩背，到臀部，到脚跟，没一处不贴着船底了，才说一声“行了”，船就慢慢移动。眼前昏暗了，可是还能感觉左右和上方的山石似乎都在朝我挤压过来。我又感觉要是把头稍微抬起一点儿，准会撞破了额角，擦伤了鼻子。行了二三丈的水程吧（实在也说不准确），就登陆了，那就到了内洞。要不是工友提着汽油灯，内洞真是一团漆黑，什么都看不见。即使有了汽油灯，还只能照见小小的一搭地方，余外全是昏暗，不知道有多么宽广。工友以导游者的身份，高高举起汽油灯，逐一指点内洞的景物。首先当然是蜿蜒在洞顶的双龙，一条黄龙，一条青龙。我顺着他的指点看，有点儿像。其次是些石钟乳和石笋，这是什么，那是什么，大都依据形状想象成仙家、动物以及宫室、器用，名目有四十多。这是各处岩洞的通例，凡是岩洞都有相类的名目。我不感兴趣，虽然听了，一个也没有记住。

有岩洞的山大多是石灰岩。石灰岩经地下水长时期的侵蚀，形成岩洞。地下水含有碳酸，石灰岩是碳酸钙，碳酸钙遇着水里的碳酸，就成了酸性碳酸钙。酸性碳酸钙是溶解于水的，这是岩洞形成的逐渐扩大的缘故。水渐渐干的时候，其中碳酸分解成水和二氧化

龍洞

碳跑走，剩下的又是固体的碳酸钙。从洞顶下垂，凝成固体的，就是石钟乳，点滴积累，凝结在洞底的，就是石笋，道理是一样的。唯其如此，凝成的形状变化多端，再加上颜色各异，即使不比作什么什么，也值得观赏。

在洞里走了一转，觉得内洞比外洞大得多，大概有十来进房子那么大。泉水靠着右边缓缓地流，声音轻轻的。上源在深黑的石洞里。

查《徐霞客游记》，霞客在崇祯九年（1636 年）十月初十日游三洞。郁达夫也到过，查他的游记，是 1933 年 11 月 12 日。达夫游记说内洞石壁上“唐宋人的题名石刻很多，我所见到的，以庆历四年的刻石为最古。……清人题壁，则自乾隆以后绝对没有了，盖因这里的洞，自那时候起，为泥沙淤塞了的缘故”。达夫去的时候，北山才经整理，旧洞新辟。到现在又是二十多年了，最近北山再经整理，公路修起来了，休憩茶饭的所在布置起来了，外洞内洞收拾得干干净净。我去的那一天是星期日，游人很不少，工人、农民、干部、学生都有，外洞内洞闹哄哄的，要上小船得排队等候好一会儿。这种景象，莫说徐霞客，假如达夫还在人世，也一定会说二十年前绝想不到。

我排队等候，又仰卧在小船里，出了洞。在外洞前边休息了一会儿，就往冰壶洞。根据刚才的经验，知道洞里潮湿，穿布鞋非但容易湿透，而且把不稳脚。我就买一双草鞋，套在布鞋上。

从双龙洞到冰壶洞有石级。平时没有锻炼，爬了三五十级就气吁吁的，两条腿一步重一步了，两旁的树木山石也无心看了。爬爬歇歇直到冰壶洞口，也没有数一共多少级，有三四百级吧。洞口不过小县城的城门那么大，进了洞就得往下走。沿着石壁凿成石级，一边架设木栏杆以防跌下去，跌下去可真不是玩儿的。工友提着汽油灯在前边引导，我留心脚下，踩稳一脚再挪动一脚，觉得往下走也不比向上爬轻松。

忽然听见水声了，再往下没有多少步，声音就非常大，好像整个洞里充满了轰轰的声音，真有逼人的气势。就看见一挂瀑布从石隙吐出来，吐出来的地方石势突出，所以瀑布全部悬空，上狭下宽，高大约十丈。身在一个不知道多么大的岩洞里，凭汽油灯的光平视这飞珠溅玉的形象，耳朵里只听见它的轰轰，脸上手上一阵阵地沾着飞来的细水滴，这是平生从未经历的境界，当时的感受实在难以描述。

再往下走几十级，瀑布就在我们上头，要抬头看了。这时候看见一幅奇景，好像天蒙蒙亮的辰光正下急雨，千万枝银箭直射而下，天边还留着几点残星。这个比拟是工友说给我听的，听了他说的，抬头看瀑布，越看越有意味。这个比拟比较把石钟乳比作狮子和象之类，意境高得多了。

在那个位置上仰望，瀑布正承着洞口射进来的光，所以不须照灯，通体雪亮。所谓残星，其实是白色石钟乳的反光。

这个瀑布不像一般瀑布，底下没有潭，落到洞底就成伏流，是双龙洞泉水的上源。

现在把徐霞客记冰壶洞的文句抄在这里，以供参证。“洞门抑如张吻。先投杖垂炬而下，滚滚不见其底。乃攀隙倚空入。忽闻水声轰轰，秉炬从之，则洞之中央，一瀑从空下坠，冰花玉屑，从黑暗处耀成洁彩。水穴石中，莫稔所去。乃依炬四穷，其深陷逾朝真，而屈曲少逊。”

1957 年 10 月 25 日

登赐儿山

赐儿山距离张家口市区三里光景。据市文化局所编的《名胜古迹》，这座山海拔一千零五公尺，山上有云泉寺，始建于明朝洪武二十六年（公元 1393 年）。随着山势，高高低低建筑好些殿宇，都不怎么大，石级小道曲折可通。多数殿宇里供奉道教的神像，如果按《封神榜》来指认，该说得清谁是谁。最高的一座殿宇是玉皇殿，就高度说，大约已经超过半山腰。佛教的殿宇，有一座里佛像最多。小小的三间，有塑像，有壁上的画像，三世如来和地藏菩萨在正中，韦驮站在左边，面朝内。我们几个人戏言，他们大概是厉行精简节约，故而大家挤在一块儿。

赐儿山有水洞冰洞，在半山腰石崖下。两个洞真可以说相距咫尺，可是洞里的情形完全不一样。水洞里泉水下滴，积在洞底，据说有两公尺深，寒冬也不冻结。冰洞里泉水结成冰，上面盖着灰沙，望进去好像铺一块平古板，据说炎夏也不融化。相距那么近，而温凉互异，这是什么道理，可惜没有人给我们作解释。两个洞的前边有两棵大柳树，水洞左上方的石隙中伸出一棵大榆树，相传是元榆明柳。树身那么大，历年那么久，毫无衰老意味，枝叶繁茂，叶色葱绿，给人一种青春盛年的印象。那棵大榆树生根在石隙中，得不到多少土，而能欣欣向荣，尤其奇妙。或许是得到泉水的滋润之故吧。坐在柳荫下，喝水洞里的水沏的茶，其味甘美。张家口市的居民逢到休假的日子，常到这里或是距离市区七里光景的水母宫玩儿。

水洞冰洞果然奇，古老的榆树柳树也值得欣赏，但是在这赐儿山上眺望，还有一种景色叫你欢喜赞叹，想得很远很远。张家口市东北西三面全是山，峰峦重叠，山色越远越淡。我们站在半山腰，远望那些峰峦，全都染上绿色。那绿色是草吗？不是，是近几年来尤其是今年“大跃进”中新栽的树。照原来的计划，全部绿化那些峰峦需要三十多年。照今年“大跃进”的规模，可只要三年，就是说，再加两年工夫，就可以做到全部绿化了。某一座山归某机关负责，某一座山归某学校包下来，全都有了着落。眼前已经是山山有绿意，试想两年以后，不将像江南的山一样地郁郁葱葱吗？这是自古以来没有的事，是破天荒的事。那些峰峦耸起在那里，也说不清经历了多少年，在那么悠久的时间里，哪曾跟树木有过缘分？也不必想到远古的人，只从修筑了长城那时候想起，戍守长城的兵士，进出长城的行旅，历代以来不知有多少人，他们中间谁曾见过那些峰峦上染上绿色，像今天我们所见到的？说真的，我感动极了，不待思索，作成如下一首诗：

叠岭重峰自古然，长城亦复二千年。
望中景色空前史，绿树新栽遍万山。

1958年6月10日

林区二日记

8月8日立秋，上午10点过，我们在牙克石登火车，往大兴安岭林区。牙克石在大兴安岭西边，我们要去的甘河在大兴安岭东边，相距三百五十公里。先经过草原地带，各种草开各色花，就像是到处飞舞着嬉春的彩蝶。继而两旁有散立的松树和白桦了，有缓缓起伏的冈陵了，冈陵上松树和白桦成林。下午4点光景到岭顶站，看站名就知道这儿是这条线路的最高处。在站上望岭北，满眼是绿，多宽广的林海啊！于是我得到两句诗，“连山林绿真成海，满地花鲜胜似春”。

一路上逢站停车，停车的时候往往交车。开过来的车全装木材，截得长短如一，叠得整整齐齐。在岭顶站就见一列车蜿蜒而上，出没在林海之中，像一条龙。从前人赞美出山的泉水，因为泉水出了山就要去沾溉大地。这些出山的木材啊，要送到全国各地，支援各方各面的基本建设，同样值得赞美。而木材不会像泉水那样自己跑出去，这就该转而赞美伟大的人力了。听牙克石的萨书记说，从第一个五年计划时期到如今，大兴安岭林区已经输出木材二千万立方米。

身到大兴安岭，才发觉平时的想象错了，同行的人差不多都有这个感觉。从一个“岭”字，就想象到秦岭那样岩峦磅礴，长江三峡那样峰岩重叠，哪里知道完全不对，就是站在岭顶上，前瞻后顾，也只见缓缓起伏的绿浪而已。别处山上树木杂，长得参差，又兼有一搭没一搭的，就见得山形勾勒分明。大兴安岭的林木，百分之八十以上是落叶松，长得整齐，而且略无缺处，远远望去，漫山遍野铺着绿色的绒毯，使群山的线条显得那么柔和，几乎难分界划。我作了这样一首诗：

母林绿暗幼林鲜，嫩绿草原相映妍。
间以桦林挺银干，画家着笔费精研。

我想同样是绿，要分明暗老嫩，这不太容易着笔。而明暗老嫩的界划不甚分明，又加一重难处。至于白桦林，我觉得那些银亮的笔直的线条，掺杂在各各不同而又非常融合的绿色里头，仿佛很调和似的，用画笔来描绘，要是线条生硬一些，选用颜料欠一些斟酌，怕就表现不出那调和的意味，甚至会显得刺目。当然，这只是外行人替画家担忧的想头。

再说落叶松，平时从没想到松里头也有落叶树，总以为松柏联称，凡是松全都是四季青青的。既是落叶，可以想象凉秋而后，整个林区将会变为挺立着亿万株冲天直干的冰雪世界。改换冬装就改得那么彻底。听说落叶松的球果，每颗是三十二个鳞片，每个鳞片有两粒种子。种子长着翅膀，乘风而飞，能达一百米。靠种子的飞翔自然繁殖后代，也不知道经过了多少年岁。可是现在人们采集了种子种在苗圃里，培育成幼苗，再移植到别处去。人工繁殖当然能够称人的心意，环境安排，日常养护，都可以尽往好的方面做，其结果是得到成长较快质量更好的木材。木材用作煤矿的坑木是一大宗，其他如枕木和电线杆，还有房屋的梁和柱子，也多用落叶松。

松树皮可以提炼单宁，在化学工业方面，是一种极重要的原料。

白桦的用处也不小。木材可以制高级的胶合板，中含糖分很多，可以制糖。树皮可以提炼汽油。总之，如果列一张综合利用表，项目要多很多，我弄不明白，只好从阙。那白桦皮非常可爱，像是细银丝编排成的，闪闪发亮。剥去银亮的外层，里层作玉润的象牙色，纹理那么匀净细腻，叫你不敢心粗气浮随便把它撕破。无论外层内层，如果取作室内的护壁，我以为比糊上花纸漂亮，雅致。不知道有没有建筑家考虑过。

树木当然不止落叶松、白桦两种，还有榆、柳、青杨、樟子松之类，所占成数不大，只是附庸而已。

火车到达甘河在夜间12点，我们已经入睡了。第二天清早，林业局十几位同志来相迎，到局中小憩，并进早餐。解放之初，就在林区成立三个林业局，工人仅有两千多。逐步发展，到现在已经有二十五个局，三个筹备处，干部工人共有十万二千人。各个局是独立的企业单位，由林业管理局统辖。局在林区分设若干林场，为管理的分支机构。林场又分设若干工段，实做采伐运输培育各项工作。这么多的人深入林区，还有家属，一切生活上的需要都得供应，文化教育上的需要也必须满足，因而一个林业局不仅是一个企业单位，实际上就是一个新的市镇。跟许多矿区垦区水利工程区一样，从前是渺无人烟，仅有自然景物，如今建设起新的市镇，千千万万人在那里安居乐业，为社会主义事业尽力。想想这情景，是多么伟大的转变啊！

进早餐的时候，听说有一位鄂伦春族的青年干部，从鄂伦春自治旗来的，我们就拉他过来，请他边吃边谈。他叫泉博胜，中学毕业，身体壮健，面目清秀，穿一身蓝布制服，说汉话挺流畅。他说鄂伦春族从前过部落生活，每个部落七八户，部落长由大家公推。

猎获野兽，平均分配，没有争执。向不定居，哪里有野兽就赶到哪里。麻疹和风湿病是可怕的病患，敬撒满神求治，当然没有什么效果。拿猎获的野货跟外间换一些日用品，受尽人家的欺侮和剥削，不忍细说。解放以后才像登了天。鄂伦春自治旗建立起来了，到今年国庆节是十周年，族人聚居在旗里的有一千多，还有定居在别地的。各方面得到政府的特别照顾，健康情况大好，青少年都上学，已经有受高等教育的了。他说族人的特点是勇敢而和气，打猎从小学会，他自己打猎的本领就很不错，并非夸口。又说他已经结婚，爱人是汉族，在从前当然是不可能的。

早餐过后，我们上小火车，要经过五十公里，到一处地方叫库中。小铁路是林业管理局所修，轨距零点七六二米。管理局还修好些公路。所以林区的交通线真可以用蛛网来形容，主要为的运木材，也便利工人上班下班。我们所乘的车，构造和大小，跟哈尔滨儿童铁路的客车相仿，双人板倚坐两个人，左右四个人，中间走道挺宽舒。车开得相当慢，慢却好，使贪看两旁景色的人感到心满意足。车窗外就是树木，树木外边还是树木，你说单调吧，一点儿也不，只觉得在林绿之中穿行异常新鲜，神清气爽。古人栽了几棵梧桐或者芭蕉，作诗就要用上“绿天”，未免夸大。这时候我倒真有“绿天”的实感，要是搀些想象的成分，竟可以说映得人衣袂尽绿。继而看见一条河道与铁路平行，一打听知道这就是甘河，水清见底，水草顺着流向徐徐袅动。我又得诗一首：

波梳水草成纹理，澄澈甘河天影蓝。
高柳临流蝉绝响，清秋景色宛江南。

我注意到绝未听见蝉声，后来与老舍先生交换看诗稿，不约而同，他也有“蝉声不到兴安岭”之句。究竟是兴安岭上根本没有蝉，还是岭上气候较凉，蝉声早歇，我们二人都不知道。问几位陪我们入林的同志，也没得到确切的回答。

午后12点半到库中，一下车就往左边的原始林跑去。所谓原始林，就是从没经过采伐的，那些树自生自枯，世代相传，占着这块地方，并且逐渐扩大领土。拿落叶松来说，从幼苗到长足要一百年到一百二十年，看年轮就可以知道。而从长足到枯死，到腐朽，又不知道要经过多少年。眼前这些挺得高高的生气蓬勃的落叶松，是开始居留在这里的祖先的第几代后裔呢？脚踏在地上，软软的，陷到脚踝，原来青草和结着浆果的小灌木底下，尽是松针和断枝碎皮，或者已经腐烂，或者将腐未腐，也不知道有多么厚。这些松针和断枝碎皮，是多少世代的生命的残骸呢？边跑边想，总觉想不清楚。

挑定一处地方，在地上铺了几方毡毯，大家坐下来。我学几位同志的样，索性躺下来，伸展四肢，仰面朝天，看明蓝的高天和悠闲的白云。落叶松的树冠并不相互邻接，因而不至于翳天蔽日，阳光漏下来，照得身上微微发汗。望那些树干，挺极了，好像都不是静止的，棵棵都在往上伸，直欲伸到蓝天。忽然听见枪响，就有人说打中了，是一只乌鸡。谁打的？当然是泉博胜。泉博胜证实了他并非夸口，好几个人背着枪捧着乌鸡照相，分享他的成功的欢快。乌鸡大如鹅，全身乌黑，只翅膀边上有几片白羽。

在原始林中野餐，在原始林中听歌看舞蹈，全是平生所未经，那新鲜意趣实在难写难描。继而工人为我们表演锯树。一个人一条腿跪在地上，手里的锯离地不到一尺，就树干的这边锯，又就树干的那边锯，大约五分钟光景，一棵落叶松就横倒了。数数年轮，八十多岁了，还没长足。又改用柴油锯锯另外一棵。柴油锯不须人力推拉，省力气，锯得快，只消两分钟，树就横倒了。听说还有一种电锯，也锯得快，可是电缆横在地上未免碍事，不及柴油锯方便。

锯树总算看到了，但是没看到一个工段多数工人在那里采伐的热闹场面。刚交秋令，还没下雪，无量木材从冰道上滑下去的情景当然无从看到。大家说，到冬季咱们再来吧。因为林区管冬令叫黄金季节，采伐运输最繁忙，看辛勤的人在冰天雪地里活跃，精神上该会得到极大的鼓舞。

在回到甘河的车中，我回味原始林中的印象，又作一首诗：

株株竞上望如伸，原始林中卧碧茵。
倏见乌鸡应声坠，神枪无愧鄂伦春。

1961 年 10 月 27 日

将　离

跨下电车，便是一阵细且柔的密雨。旋转的风把雨吹着，尽向我身上卷来。电灯光特别昏暗，火车站的黑影兀立在深灰色的空中。那边一行街树，枝条像头发似的飘散舞动，萧萧作响。我突然想起：难道特地要叫我难堪，故意先期做起秋容来么？便觉得全身陷在凄怆之中，刚才喝下去的一斤酒在胃里也不大安分起来了。

这是我的揣想：天日晴朗的离别胜于风凄雨惨的离别，朝晨午昼的离别胜于傍晚黄昏的离别。虽然一回离别不能二者并试以作比较，虽然这一回的离别还没有来到，我总相信我的揣想是大致不谬的。然而到福州去的轮船照例是十二点光景开的，黄昏的离别是注定的了。像这样入秋渐深，像这样时候吹一阵风洒一阵雨，又安知六天之后的那一夜，不更是风凄雨惨的离别呢？

一点东西也不要动：散乱的书册，零星的原稿纸，积着墨汁的水盂，歪斜地摆着的砚台……一切保持原来的位置。一点变更也不让有：早上六点起身，吃了早饭，写了一些字，准时到办事的地方去，到晚回家，随便谈话，与小孩胡闹……一切都是平淡的生活。全然没有离别的气氛，还有什么东西会迫紧来？好像没有快要到来的这回事了。

记得上年平伯去国①，我们一同在一家旅馆里，明知不到一小时，离别的利刃就要把我们分割开来了。于是一启口一举手都觉得有无形的线把我牵着，又似乎把我浑身捆紧；胸口也闷闷的不大好受。我竭力想摆脱，故意做出没有什么的样子，靠在椅背上，举起杯子喝口茶，又东一句西一句地谈着。然而没有用，只觉得十分勉强，只觉得被牵被捆被压得越紧罢了。我于是想：离别的气氛既已凝集，再也别想冲决②它，它是非把我们拆开来不可的。

现在我只是不让这气氛凝集，希望免受被牵被捆被压的种种纠缠。我又这么痴想，到离去的一刻，最好恰正在沉酣的睡眠里，既泯能想，自无所想。虽然觉醒之后，已经是大海孤轮中的独客，不免引进深深的惆怅；但是最难堪的一关已经闯过，情形便自不同了。

然而这气氛终于会凝集拢来。走进家里，看见才洗而缝好的被袱，衫裤长袍之类也一沓沓地堆在桌子上。这不用问，是我旅程中的同伴了。“偏要这么多事，事已定了，为什么不早点儿收拾好？”我略微烦躁地想。但是必须带走既属事实，随时预备尤见从容，我何忍说出责备的话呢——实在也不该责备，只该感激。

然而我触着这气氛了，而且嗅着它的味道了，与上年在旅馆里感到的正是同一的种类，不过还没有这样浓密而已。我知道它将更渐渐地浓密，犹如西湖上晚来的烟雾；直到最后，它具有一种强大的力量，便会把我一挤；我于是不自主地离开这里了。

我依然谈话，写字，吃东西，躺在藤椅上；但是都有点儿异

---

① 去国：离开自己的国家。

② 冲决：突破束缚、限制。

样，有点儿不自然。

夜来有梦，梦在车站月台旁。霎时火车已到，我急忙把行李提上去，身子也就登上，火车便疾驰而去了。似乎还有些东西遗留在月台那边，正在检点，就想到遗留的并不是东西，是几个人。很奇怪，我竟不曾向他们说一声“别了”，竟不曾伸出手来给他们；不仅如此，登上火车的时候简直把他们忘了，于是深深地悔恨，怎么能不说一声，握一握手呢？假若说了，握了，究竟是个完满的离别，多少是好。“让我回头去补了吧！让我回头去补了吧！”但是火车不睬我，它喘着气只是向前奔。

这梦里的登程，全忘了月台上的几个人，与我痴心盼望的酣睡时离去，情形正想仿佛。现在梦里的经验告诉我，这只有勾引些悔恨，并不见得比较好些。那么，我又何必作这种痴想呢？然而清醒地说一声握一握的离别，究竟何尝是好受的！

“信要写得勤。要写得详；虽然一班轮船动辄要隔三五天，而厚厚的一叠信笺从封套里抽出来，总是独客的欣悦与安慰。”

“未必能够写得怎样勤怎样详吧。久已不干这勾当了；大的小的粗的细的种种事情箭一般地射到身上来，逐一对付已经够受了，知道还有多少坐定下来执笔的工夫与精神！”

离别的滋味假若是酸的，这里又掺入一些苦辛的味道了。

1923 年 9 月 12 日

客 语

侥幸万分的竟然是晴明的正午的离别。

“一切都安适了，上岸回去吧，快要到开行的时刻了。”似乎很勇敢地说了出来，其实呢，处此境地，就不得不说这样的话。但也不是全不出于本心。梨与香蕉已经买来给我了，话是没有什么可说了，夫役①的扰攘，小舱的郁蒸②，又不是什么足以赏心的，默默地挤在一起，徒然把无形的凄心的网织得更密罢了，何如早点儿就别了呢？

不可自解的是却要送到船栏边，而且不止于此，还要走下扶梯送到岸上。自己不是快要起程的旅客么？竟然充起主人来。主人送了客，回头踱进自己的屋子，看见自己的人。可是现在——现在的回头呢？

并不是懦怯，自然而然看着别的地方，答应“快写信来”那些嘱咐。于是被送的转身举步了。也不觉得什么，只仿佛心里突然一空似的（老实说，摹写不出了）。随后想起应该上船，便跨上扶梯；同时用十个指头梳满头散乱的头发。

---

① 夫役：旧时指服劳役、做苦工的人。

② 郁蒸：气压低，湿度大，气温高。

倚着船栏，看岸上的人去得不远，而且正回身向这里招手。自己的右手不待命令，也就飞扬跋扈地舞动于头顶之上。忽地觉得刹那间这个境界很美，颇堪体会。待再望岸上人，却已没有踪迹，大概拐了弯赶电车去了。

没有经验的想象往往是外行的，待到证实，不免自觉好笑。起初以为一出吴淞口便是苍茫无际的海天，山头似的波浪打到船上来，散为裂帛与抛珠，所以只是靠着船栏等着。谁知出了口还是似尽又来的沙滩，还是一抹连绵的青山，水依然这么平，船依然这么稳。若说眼界，未必开阔了多少，却觉空虚了好些，若说趣味，也不过与乘内河小汽轮一样。于是失望地回到舱里，爬上上层自己的铺位，只好看书消遣。下层那位先生早已有时而猝发的鼾声了。

实在没有看多少页书，不知怎么也蒙眬起来了。只有用这蒙眬二字最确切，因为并不是睡着，汽机的声音和船身的微荡，我都能够觉知，但仅仅是觉知，再没有一点思想一毫情绪。这蒙眬仿佛剧烈的醉，过了今夜，又是明朝，只是不醒，除了必要坐起来几回，如吃些饼干牛肉香蕉之类，也就任其自然——连续地蒙眬着。

这不是摇篮里的生活么？婴儿时的经验固然无从回忆，但是这样只有觉知而没有思想没有情绪，该有点儿相像吧。自然，所谓离思也暂时给假了。

向来不曾亲近江山的，到此却觉得趣味丰富极了。书室的窗外，只隔一片草场，闲闲地流着闽江。彼岸的山绵延重叠，有时露出青翠的新妆，有时披上轻薄的雾帔，有时不知从什么地方来了好些云，却与山通起家来，于是更见得那些山郁郁然有奇观了。窗外这草场差不多是几十头羊与十条牛的领土。看守羊群的人似乎不主张放任主义的，他的部民①才吃了一顿，立即用竹竿驱策着，叫它们回去。时时听得仿佛有几个人在那里割草的声音，便想到这十头牛特别自由，还是在场中游散。天天喝的就是它们的奶，又白又浓又香，真是无上的恩惠。

卧室的窗对着山麓，望去有裸露的黑石，有矮矮的松林，有泉水冲过的涧道。间或有一两个人在山顶上樵采②，形体藐小极了，看他们在那里运动着，便约略听得微茫③的干草瑟瑟的声响。这仿佛是古代的幽人的境界，在什么诗篇什么画幅里边遇见过的。暂时充当古代的幽人，当然有些新鲜的滋味。

月亮还在山的那边，仰望山谷，苍苍的，暗暗的，更见得深郁。一阵风起，总是锐利的一声呼啸一般，接着便是一派松涛。忽然忆起童年的情景来：那一回与同学们远足天平山，就在高义园借宿，稻草衬着褥子，横横竖竖地躺在地上。半夜里醒来了，一点儿光都没有，只听得洪流奔放似的声音，这声音差不多把一切包裹起来了；身体颇觉寒冷，因而把被头裹得更紧些。从此再也不想睡，直到天明，只是细辨那喧而弥④静静而弥旨⑤的滋味。三十年来，所谓山居就只有这么一回。而现在又听到这声音了，虽然没有那夜那么宏大，但是往后的风信⑥正多，且将常常更甚地听到呢。只不知童年的那种欣赏的心情能够永永⑦持续否……

这里有秋虫，有很多的秋虫，没有秋虫的地方究竟是该诅咒的

① 部民：统属下的人民。
② 樵采：打柴。
③ 微茫：影约、不清晰。
④ 弥：更加。
⑤ 旨：美好，滋味美。
⑥ 风信：随着季节变化应时吹来的风。
⑦ 永永：长久，长远。

例外。躺在床上听听，真是奇妙的合奏，有时很繁碎，有时很凝集，而总觉得恰恰刚好，足以娱耳。中间有一种不知名的虫，它们的声音响亮而漫长，像是弦乐，而且引起人家一种想象，仿佛见到一位乐人在那里徐按慢抽地演奏。

松声与虫声渐渐地轻微又轻微，终于消失了……

仓前山差不多一座花园，一条路，一丛花，一所房屋，一个车夫，都有诗意。尤其可爱的是晚阳淡淡的时候，礼拜堂里送出一声钟响，绿荫下走过几个张着花纸伞的女郎。

跟着绍虞夫妇前山后山地走，认识了两相仿佛的荔枝树与龙眼树，也认识了长髯飘飘的生着气根的榕树，眺望了我们所住的那座山，又看了胭脂似的西边的暮云，于是坐在路旁的砖砌的矮栏上休息。渐渐地四围昏暗了，远处的山只像几笔极淡的墨痕染渍在灰色的纸上。乡间的女人匆匆地归去，走过我们身边，很自然地向我们看一看。那种浑朴的意态，那种奇异的装束（最足注目的是三支很长的银发钗，像三把小剑，两横一竖地把发髻拢住，我想，两个人并肩走时，横插的剑锋会划着旁人的头皮），都使我想到古代的人。同时又想，什么现代精神，什么种种的纠纷，都渺茫得像此刻的远山一样，仿佛沉在梦幻里了。

中秋夜没有月，这倒很好，我本来不希望看什么中秋月。与平常没有月亮的晚上一样，关在书室里，就美孚灯①光下做了一点功课，就去睡了。

---

① 美孚灯：煤油灯的旧称。

第二天的傍晚，满天是云，江面黯然。西风震动窗棂，“吉格”作响。突然觉得寂寥起来，似乎无论怎样都不好。但是又不能什么都不做，总要在这样那样里占其一，这时候我占的是倚窗怅望。然而怅望又有什么意思呢？

绍虞似乎有点儿揣度得出，他走来邀我到江边去散步。水波被滩石所挡，激触有声。还有广遍而轻轻的风一般的音响平铺在江面上，潮水又退出去了。便随口念旧时的诗句：

潮声应未改，客绪已频更。

七年以前，我送墨林去南通。出得城来，在江滨的客店里歇宿候船，却成了独客。荒凉的江滨晚景已够叫人怅怅，又况是离别开始的一晚，真觉得百无一可了。聊学雅人口占一诗，借以排遣。现在这两句就是这一首诗里的。唉，又是潮声，又是客绪！

所谓客绪，正像冬天的浓云一般，风吹不散，只是越凝集越厚，散步又有什么用处。回到屋里，天差不多黑了，我们暂时不点火，就在昏暗中坐下。我说：“介泉在北京常说，在暮色苍茫之际，炉火微明，默然小坐，别有滋味。”绍虞接应了一声就不响了。很奇怪，何以我和他的声音都特别寂寞，仿佛在一个广大的永寂的虚空中，仅仅荡漾着这一些声音，音波散了，便又回复它的永寂。

想来介泉所说的滋味。一定带着酸的。他说“别有”，诚然是“别有”，我能够体会他的意思了。

点灯以后，居然送来了切盼而难得的邮件，昨天有一艘轮船到这里了。看了第一封，又把心挤得紧一点。第二封是平伯的，他提起我前几天作的一篇杂记，说：“……此等事终于无可奈何，不呻吟固不可，作呻吟又觉陷于怯弱。总之，无一而可，这是实话。……”

似乎觉得这确是怯弱，不要呻吟吧。

但是还是去想，呻吟为了什么？恋恋于故乡么？故乡之足以恋恋的，差不多只有藕与莼菜这些东西了，又何至于呻吟？恋恋于鹁鸽箱似的都市里的寓居么？既非鹁鸽，又何至于因为飞开了而呻吟？老实地说，简括地说，只因一种愿与最爱与同居的人同居的心情，忽然不得满足罢了。除了与最爱与同居的人同居，人间的趣味在哪里？因为不得满足而呻吟，正是至诚的话，有什么怯弱不怯弱？那么，又何必不要呻吟呢？

呻吟的心本来如已着了火的燃料，浓烟郁结，正待发焰。平伯的信恰如一根火柴，就近一引，于是炽盛地燃烧起来了……

1923 年 10 月 1 日

五月三十一日急雨中

从车上跨下，急雨如恶魔的乱箭，立刻打湿了我的长衫。满腔的愤怒，头颅似乎戴着紧紧的铁箍。我走，我奋疾地走。

路人少极了，店铺里仿佛也很少见人影。哪里去了！哪里去了！怕听昨天那样的排枪声，怕吃昨天那样的急射弹，所以如小鼠如蜗牛般蜷伏在家里，躲藏在柜台底下么？这有什么用！你蜷伏，你躲藏，枪声会来找你的耳朵，子弹会来找你的肉体，你看有什么用？

猛兽似的张着巨眼的汽车冲驰而过，泥水溅污我的衣服，也溅及我的颈项，我满腔的愤怒。

一口气赶到“老闸捕房”门前，我想参拜我们的伙伴的血迹，我想用舌头舔尽所有的血迹，咽入肚里。但是，没有了，一点儿没有了！已经给仇人的水龙头冲得光光，已经给烂了心肠的人们踩得光光，更给恶魔的乱箭似的急雨洗得光光！

不要紧，我想。血曾经淌在这块地方，总有渗入这块土里的吧。那就行了。这块土是血的土，血是我们的伙伴的血，还不够是一课严重的功课么？血灌溉着，血滋润着，将会看到血的花开在这里，血的果结在这里。

我注视这块土，全神地注视着，其余什么都不见了，仿佛自己整个儿躯体已经融化在里头。

抬起眼睛，那边站着两个巡捕：手枪在他们的腰间；泛红的脸上的肉，深深的颊纹刻在嘴的周围，黄色的睫毛下闪着绿光，似乎在那里狞笑。

手枪，是你么？似乎在那里狞笑的，是你么？

“是的，是的，就是我，你便怎样！”——我仿佛看见无量数的手枪在点头，仿佛听见无量数的张开的大口在那里狞笑。

我舔着嘴唇咽下去，把看见的听见的一齐咽下去，如同咽一块粗糙的石头，一块烧红的铁。我满腔的愤怒。

雨越来越急，风把我的身体卷住，全身湿透了，伞全然不中用。我回转身走刚才来的路，路上有人了。三四个，六七个，显然可见是青布大褂的队伍，中间也有穿洋服的，也有穿各色衫子的短发的女子。他们有的张着伞，大部分却直任狂雨乱泼。

他们的脸使我感到惊异。我从来没有见到过这么严肃的脸，有如昆仑之耸峙；我从来没有见到过这么郁怒的脸，有如雷电之将作。青年的清秀的颜色退隐了，换上了北地壮士的苍劲。他们的眼睛将要冒出焚烧一切的火焰，抿紧的嘴唇里藏着咬得死敌人的牙齿……

佩弦的诗道：“笑将不复在我们唇上！”用来歌咏这许多张脸正适合。他们不复笑，永远不复笑！他们有的是严肃与郁怒，永远是严肃的郁怒的脸。

青布大褂的队伍纷纷投入各家店铺，我也跟着一队跨进一家，记得是布匹庄。我听见他们开口了，差不多掏出整个的心，涌起满腔的血，真挚地热烈地讲着。他们讲到民族的命运，他们讲到群众的力量，他们讲到反抗的必要；他们不惮郑重叮咛的是：“咱们一伙儿！”我感动，我心酸，酸得痛快。

店伙的脸比较地严肃了；他们没有话说，暗暗点头。

我跨出布匹庄。“中国人不会齐心呀！如果齐心，吓，怕什么！”听到这句带有尖刺的话，我回头去看。

是一个三十左右的男子，粗布的短衫露着胸，苍暗的肤色标记他是在露天出卖劳力的。他的眼睛里放射出英雄的光。

不错呀，我想。露胸的朋友，你喊出这样简要精炼的话来，你伟大！你刚强！你是具有解放的优先权者！——我虔诚地向他点头。

但是，恍惚有蓝袍玄褂小髭须的影子在我眼前晃过，玩世的微笑，又仿佛鼻子里轻轻的一声“嗤”。接着又晃过一个袖手的，漂亮的嘴脸，漂亮的衣着，在那里低吟，抖抖地，显出一个瘠瘦的中年人，如鼠的觳觫①的眼睛，如兔的颤动的嘴唇，含在喉际，欲吐又不敢吐的是一声“怕……”

我如受奇耻大辱，看见这种种的魔影，我愤怒地张大眼睛。什么魔影都没有了，只见满街恶魔的乱箭似的急雨。

微笑的魔影，漂亮的魔影，惶恐的魔影，我诅咒你们！你们灭绝！你们消亡！永远不存一丝儿痕迹于这块土上！

有淌在路上的血，有严肃的郁怒的脸，有露胸朋友那样的意思，“咱们一伙儿”，有救，一定有救，——岂但有救而已。

我满腔的愤怒。再有露胸朋友那样的话在路上吧？我向前走去。

依然是满街恶魔的乱箭似的急雨。

1925 年 5 月 31 日

---

① 觳（hú）觫（sù）：因恐惧而发抖。

生命和小皮箱

空袭警报传来的时候，许多人匆匆忙忙跑到避难室防空壕里去。其中有些人，手里提着一只小皮箱。小皮箱里盛的什么？不问可知是金银财物证券契据之类，总之是值钱的东西，可以活命的东西。生命保全了，要是可以活命的东西保不住，还是不得活命。带在身边，那就生命和可以活命的东西“两全”了。这样想法原是人情之常，无可非议。

我现在想猜度各人对生命和小皮箱的观念。

也许作这样想吧：既已有了生命，别的且不管，生命总得保住，直到事实上再也不能保住的一瞬间。敌人的轰炸机来了，当前有避难室防空壕，当然要躲到里头去，因为这是保住生命唯一的办法。待听到了一声拖得很长的解除警报，走出避难室防空壕一看，假如满眼是坍毁了的房屋、翻了身的田园、七零八落的肢体，不免点头自慰，生命过了一道难关了。其时看看手里的小皮箱，好好的，没有裂开一道缝，更不免暗自庆幸。有这个小皮箱在，那么一个地下室毁了还有别的地下室，一个防空壕炸了还有别的防空壕，敌人炸到东边，自己可以逃到西边，旅馆总有得住，馆子里的饭菜总有得吃。有得住又有得吃，不是生命仍然可以保住吗？

也许作这样想吧：自己的生命是与别人的生命有关联的，自己的小皮箱是与别人的小皮箱“休戚相共”的。仅仅想保住自己的生命，生命难保；仅仅想依靠自己的小皮箱，小皮箱便毫无用处。因此，要保住生命就得推广开来保住“四万万同胞”的生命，要依靠小皮箱就得推广开来依靠整个中华国土这个奇大无比的小皮箱。（整个中华国土不是我们的小皮箱吗？）敌人的轰炸机来了，当前有避难室防空壕，自然要往里头躲，血肉之躯拼不过炸弹，这是常识。手头有个小皮箱，自然不妨提着走，化为灰屑究竟是可惜的。但是在听到一声拖得很长的解除警报之后，见到自己的生命和小皮箱都还存在，并不觉得有什么可以安慰庆幸之处，只觉得一种责任感压在心头，非立刻再去操心思，流血汗，干那保住大众的生命，守护奇大无比的小皮箱的工作不可。

我只能猜度，不能发掘人家的心。重庆人口头惯说“要得”“要不得”，提着小皮箱跑进避难室防空壕的人不妨问问自己：哪一种想头“要得”，哪一种“要不得”？还不妨问问自己：自己的想头属于哪一种？

1938 年 2 月

抗战周年随笔

去年卢沟桥事件发生以后，不到半个月，中央当局就有明白严正的表示。但是北平天津相继失陷，中央当局还没有什么实际行动，不免使人有“但闻楼梯响，不见人下来”之感。其时我怅惘得很，按《鹧鸪天》调子写了一首词。

不定阴晴落叶飞，小红花自媚疏篱。
颇惊宿鸟依枝久，亦讶行云出岫迟。
吟止酒，写新词，寻消问息费然疑。
同仇敌忾非身外，莫道书生无所施。

“宿鸟”指飞机。集款购机，近几年来是一件大事，北方已经打得这么厉害，而飞机还不出动，不免惊诧那些“鸟”“宿”在枝上睡得那么沉酣。“行云”指对付敌寇的具体计划，从报纸上看，今天这样说，明天又那样说，今天硬一点儿，明天又软一点儿，为什么那“行云”还不“出岫”呢？直到 8 月 13 日的下午，买到地方报纸的号外，说上海我军已经和寇军开战了。第二天又听到我空军初次出动，大获胜利的消息。我的怅惘这才完全消散，我不再“惊”“讶”了，我们的“鸟”原来是“一飞冲天”的大鹏，我们的“行云”原来是“天地为之变色”的势力。

9月3日的夜间，吴大琨君来访。他在上海做救护难民的工作，这一次回苏州就为护送难民回籍。他告诉我关于伤兵的故事，又告诉我难民的一般情况。我把他的话写了两首词，调子是《卜算子》。

“莫致慰劳辞，谁耐闲消遣！快与咱家去弹丸，心急回前线！”“留臂创难治，去臂魂先断，岂似新丰折臂翁，独臂争重战？”

齐视死和生，哪问恩和怨？荡析伤夷任惨凄，独颂今回战。紧紧咬牙根，炯炯睁双眼。身份无分共一舟，民质从今变。

第一首记的是两个伤兵的话。噜噜苏苏的慰劳话，听起来有点儿讨厌，爽直的伤兵就说：“不用慰劳吧！快给我去掉中在身上的子弹，我还要回前线去呢！”第二个伤兵可真惨，他不单是身上受了伤，连精神也受了伤了。要把那条臂留着，创口难以医治，如果去掉那条臂，单剩一条臂，怎么能再上前线呢？这种精神上的创伤比身体上的创伤更为难受。“新丰折臂翁”是我加进去的，伤兵当然不会知道白乐天有过这么一首乐府，写一个厌战而损伤自己肢体的懦夫。我用这个典故，不过表明“我岂是个怕打仗的懦夫”的意思罢了。第二首里的“独颂今回战”和“民质从今变”两句，现在想来，可以说是对一年来我们同胞的总题语。一年来我跑了几千里路，遇见了各式各样的人，他们中间有的叹息事业的衰败，有的痛哭亲属的死伤，有的离开了故乡，身无立锥之地，有的倒空了钱袋，更无买饭的钱，但是没有一个怨恨这回抗战的，没有，绝对没有，大家只是更炽热地燃烧着对于敌寇的仇恨，更固执地抱持着抗战到底的意志。这是个最为值得注意的现象，就是所谓的“民质从今变”。

9月21日，我全家离开苏州。我在苏州住的是新造的四间小屋，讲究虽然说不上，但是还清爽，屋前种着十几棵树木，四时不断地有花叶可玩。

那天走出家屋，几时再回来是未可预料的，也许回来时屋已被炸被烧了，可是当时我自己省察，并没有什么依恋爱惜之感。我以为抗战要本钱，本钱就是各个人的牺牲。具有积极意义的牺牲就是所谓“有钱者出钱，有力者出力”。仅有消极意义的牺牲就是不惜放弃所有，甘愿与全国同胞共同忍受当前的艰苦。积极意义的牺牲，价值当然极大，但是消极意义的牺牲也并非无关紧要。一个人当情势危迫，不得不放弃所有的时候，假如想不能，看不破，硬是不肯放弃所有，那么汉奸心理就像病菌似的侵入他的灵魂了。所以能够作消极的牺牲，也算在抗战这一桩大事业上出了一份本钱，是心安理得的事。两个月前，丰子恺先生抄给我看他写的一首诗，那诗是答复友人作了诗来吊他的已毁的缘缘堂的。

寇至予当去，非从屈贾趋。
欲行焦土策，岂惜故园芜？
白骨齐山岳，朱殷染版图。
老夫家亦毁，惭赧庶几无。

丰先生所说的“惭赧庶几无”，大概正是我所说的作了消极意义的牺牲的意思。不过我在苏州的家屋至今没有毁。我并不因为它没有毁而感到欣喜。我希望它被我们的游击队的枪弹打得七穿八洞，我希望它被我们正规军队的大炮轰得尸骨无存，我甚至希望它被逃命无从的寇军烧得干干净净。

去年“八一三”以后，苏州地方也闹过某人某人是汉奸的风说。当时我也暗自揣想，万一上海方面我军失利，寇军到了昆山，某某等人会冒用全体苏州人的名义，到昆山去欢迎他们，希望他们不要糟蹋苏州吧。后来苏州失陷了，从报上看到所谓维持会中人物的姓名，居然有两三个是我预料到的。这批人大都有田，有钱，有玩好，有享用，临到危难，不肯放弃所有，就傀儡登场当汉奸了。顾颉刚先生曾经写信给我，说到苏州的汉奸道：“维持会中，某姓甚多，亦见故家大族之鲜克由礼也。”故家大族为什么会这样不争气？就在乎他们有“所有”，把“所有”看得太重了，“所有”之外的一切当然都丢在脑后了。这批汉奸有一件事，使人听了非常难受，觉得啼笑皆非。他们为了逢迎寇军，在张贴的通告上写上“昭和”的年号，寇军却假仁假义说：“这是你们中国人的事，照旧用中华民国好了。”他们听了哪敢照旧用，结果有一个聪明的汉奸想出了改用西历纪元的办法，据说一直用到如今了。就在这件简单的事上，汉奸心理充分表现出来了。这批人若不消灭净尽，我真耻为苏州人。去冬从宜昌来重庆，在江轮上写一首诗道：

故乡且付梦魂间，不扫妖氛誓不还。
偶与同舟作豪语，全家来看蜀中山。

我爱故乡，我切盼回到扫尽了“妖氛”的故乡。

1938 年 7 月

“八一三”随笔

前年“七七”事起之后，如果不接上个“八一三”，说不定只是个地方事件。这不是当时激昂的民气所能容受。“八一三”炮声一响，“八一四”我空军出动，仗才算是打定了。单说我自己，我被冲激在那股民气里头，在苏州看见报馆发出的号外，虽不免有些惘然，但是再一想时，就来了“求仁得仁，又何怨乎”的成语。你主张跟日本打仗，如今真的打起来了，还有什么惘然的？颠沛流离，挨炸挨烧，是你的本分。尽你的绵薄，使仗打好，更是你的本分。可惜想想容易，实践却难。民国二十八年在乐山遇炸，把所有的东西都烧光了，只剩下幸而没有受伤的老幼七口。在不可计数的受难同胞中间，我分享了一份苦难，贡献了一份牺牲，对于前一项本分，我总算尽了。可是，后一项本分呢？实在惭愧，竟没有尽得分毫。住在后方的大城市里，编些无多精彩的刊物，写些不痛不痒的文字，你就交代得过了吗？不，不，绝对交代不过。不想起这一层也罢了，想起来时，不说假话，真有些无地自容。因此我决不敢憎恨战时生活的困苦。就是这样困苦的生活，已经便宜了你了，你有什么权力要求较好的生活？

据一般人说，我国这回抗战是具有革命性的。反抗侵略，争取独立自主，建立真正民主化工业化的国家，所谓革命性大概指的这些个。那么，以不变应万变虽是最高原则，实践起来却不能不见事行事。仗一定要打到胜利为止，建国大业非完成不可，那是不变。至于封建习性，糊涂头脑，官僚政治，独占经济，还有其他种种，如果也是个不变，那就完了。那些个不变就是不革命，不革命，即使幸而打胜了日本，又有什么好处？变吧，革命吧，该死的赶快死去吧，新生的赶快成长吧。

我所知不广，所见有限，根据我的狭窄的知和见，不免时时愁虑。大家喜爱侈言革命，可是只限于挂在口头，实际上是懒得革命，尤其是懒得革自己的命，懒得见少数的旁人真正革命。这样的不变应万变太可虑了，我想不出补救的办法（我不能不想，虽然没有人要我想）。有些人读熟了曾涤生的《原才》，希望有“一二人”出来开创风气，在报纸上，这样论调的文字登过许多篇。可是那“一二人”始终姗姗其来迟。照我的笨想头，恐怕只有大家一旦心灵忽通，决意革自己的命，才有希望。否则现实板起铁青的面孔，迫得你非革自己的命不可，大家也该会不情不愿勉勉强强地革起自己的命来。除开这两条路径，大概只有个彻头彻尾的以不变应万变。

旁的人我管不着，我管我自己。我不想做好“一二人”，我没有那么狂妄，可是我要革自己的命。好好先生要不得，我不敢说要有所为，只能说要有所不为。我有言论自由，我要享受那个自由，见到什么就说什么，不想畏首畏尾，当然我也决不故意触犯刑法。我若管公家的钱，决不捡一个钱藏在腰包里；我若管公家的事，决不“等因奉此”，摘由归档，就此了事。这么噜噜苏苏说下去太琐屑了，请即打住。也许有人要笑我，这也算革命吗？并且，你能不能实践又有谁管你证明？的确，无从证明，发誓又近于迷信，我不愿发誓。不过我真的要照说的做。其他并无希图，只希图这么做了，稍稍减轻几年以来，没有尽前面所说那后一项本分的惭愧。

1944 年 8 月

“胜利日”随笔

今天“胜利日”，你作何感想?

当然是极度的高兴。我出生之年是甲午，从甲午到今年五十年，这五十年中，我国人受了日寇不知多少侵害，就我一家而论，也受了日寇好几回直接损伤。现在日寇投降了，以后他们会不会彻底悔改，固然要看同盟国家的管制如何，日本全国人民的觉醒如何，可是仇恨的“前账”可以结一结了。结清前账，心头一松，极度的高兴在此。

从今天起，第二次世界大战结束了，世界上法西斯的最后堡垒倒塌了，虽然有些“法西斯细菌”还待各国人民努力清除。若问“老百姓的世纪”什么时候开始，就全世界而言，可以说开始于今天。老百姓的世纪与以前的世纪有什么不同?我回答说：老百姓的世纪将实现法国革命时候的三大原则“自由，平等，博爱”与罗斯福先生提出的四大自由“发表的自由，信仰的自由，免于匮乏，免于恐惧”。这三大原则与四大自由是实实在在对老百姓有好处的，在物质生活精神生活上都有好处的，怎能叫我不极度高兴呢?

还有旁的感想吗?

我愧对牺牲在战场上的士兵同胞，愧对牺牲在战场上的盟军。

我愧对挟了两个拐棍，拖了一条腿，在东街西巷要人帮忙的

“荣誉军人”。

我愧对筑公路修飞机场的“白骨”与“残生”。

我愧对拿出了一切来的农民同胞。

我愧对在敌后与沦陷区，坚守着自己生长的那块土地，给敌人种种阻挠，不让他们占丝毫便宜，同时自己也壮健地成长起来的各界同胞。

我恨着——今天算是吉祥的日子，恨着的话暂时不说吧。

还有吗?

当然还有，说起来将无穷无尽。“三句不离本行”，单就有关本行的说一些吧。战争结束了，老百姓的世纪开始了，图书杂志审查制度应该立刻取消了。要彻底地无条件地取消，再不要什么尺度与标准。凡是身体与精神都健康的人，凡是认认真真生活的人，他们想要发表些什么自有尺度，自有标准。什么是他们的尺度与标准?要自己好，要大家好，不损伤自己的自由，也不侵犯他人的自由:就是他们的尺度与标准。除此而外，如果还有什么尺度与标准，由某些人定下来，要他们遵守，这就是加给他们的精神上的迫害。无论你定得怎样客观，怎样公平，怎样有道理，总之是加给他们的精神上的迫害。只要想，由人家定下尺度与标准，就是划定了个范围，只许在范围里面发表，不许在范围以外发表，四大自由的第一项“发表的自由”不就受了侵犯吗?说这是精神上的迫害，理由就在此。所以这个制度要立刻取消，要彻底地无条件地取消，让大家得到发表的自由，像捡一件失去已久的宝贝一样。

1945 年

“相濡以沫”

去年在重庆，参加鲁迅先生纪念会，我提起了他爱用的一句话“相濡以沫”。今年在上海，参加他的逝世十周年纪念会，我仍旧提起了这句话。

大概是我的话没有说清楚，或者根本没有把意思表达出来。第二天看报纸的记载，与我所说的不大相符。因此再在这里说一说，词句和顺序未必与说话当时全同，大旨却不相违异。

“相濡以沫”这句话出于《庄子》，鲁迅先生常爱引用它，只是断章取义，与这句话的上下文不大有关系。单就这句话看，是一个悲壮动人的场面。一群鱼失了水，干得要死，大家吐出口沫来，彼此互相沾润，借此延长大家的生命。试想，吐出自己仅有的东西来，不但沾润自己，还要互相沾润，那“生的意志”的强固和“群的联系”的强固，不是够得上悲壮两个字的考语吗?

鲁迅先生引用这句话，为的是他所处的环境正是一片干地，没有一滴水。他又见和他同在的人所处的是相同的环境，于是自然而然记起这句话。说它是口号，不如说它是信念。他奉行他的信念，在一片干地上，所吐的口沫非常之多。二十册的《鲁迅全集》是他的口沫，新近出版的《鲁迅全集补遗》是他的口沫，由他校印的木刻画集以及《海上述林》等书是他的口沫，尤其重要的，他那明辨是非的态度，坚决奋斗的精神，待人接物的诚恳与认真，全是他的口沫。与他接触的人见他的为人，读他的文字，也各各吐出他们的口沫，相信他，学习他，和他在一起。到了今日，“走鲁迅先生的道路”成为普遍的号召了。我想这么说：鲁迅先生的影响所以伟大，就在于他奉行那“相濡以沫”的信念。

鱼到了“相濡以沫”的境地，虽然延长一时的生命，结果总不免死掉。可是，鲁迅先生引用这句话是取作比喻，说的还是人事。就人事方面想，情形就不同了。鲁迅先生逝世不久，我曾作一首七律挽他，现在抄在这里：

> 木坏山颓万众悲，感人岂独在文辞。暖姝夙恨时流态，刚介真堪后死师。岩电烂然无不照，遗容穆若见深慈。相濡以沫沫成海，试听如潮继志词。

前面六句不说，只说末后两句。这两句还是比喻。人与人要是“相濡以沫”，范围越推越广，口沫越聚越多，不将汇成大海吗？既然有个大海，被喻为鱼的人就可以在其中游泳自如，不再是干得要死的鱼了。而现在，大海已经汇成了，因为已经听见了潮水似的声音。潮水似的声音就是所谓“继志词”，就是“走鲁迅先生的道路！”“学习鲁迅先生的精神！”一类的号召。

1946 年

对鲁迅先生的怀念

遇到某一件事，记得以前也曾发生过，记得鲁迅先生对此说过话，就怀念起鲁迅先生来。这样的情形，在我是常有的。

举个例子。近几年来，中学生的语文程度差，使许多人感到忧虑。有人说，中学生的语文程度所以差，由于不读或者少读古文。他们还把鲁迅先生拉来作证，说鲁迅先生的文章写得那么好，不是由于他古文底子厚吗？被他们拉来作证的人还不少，其中也有我。我读过古文，教过古文，都不能抵赖，若说写文字，那么我为了摆脱古文的影响花过多少力气，可真没法细说。这种“要作好白话须读好古文”的论点，其实早已有过，并不是什么新创造。我想起鲁迅先生曾经批驳过这种论点，就请人帮我翻检出来，原来在《写在〈坟〉后面》里。鲁迅先生是这样说的：

> 新近看见一种上海出版的期刊，也说起要作好白话须读好古文，而举例为证的人名中，其一却是我。这实在使我打了一个寒噤。别人我不论，若是自己，则曾经看过许多旧书，是的确的，为了教书，至今也还在看。因为耳濡目染，影响到所作的白话上，常不免流露出它的字句，体格来。但自己却正苦于背了这些古老的鬼魂，摆脱不开，

时常感到一种使人气闷的沉重。

这里所说的“字句”和“体格”是指文字形式，“古老的鬼魂”是指思想内容。主张中学生读古文的人当然都会说：读古文是让学生效学古人的章法和词藻，并不要学生承受古人的思想。可是形式和内容怎么能截然分开呢？如果在效学形式的同时，把内容也一股脑儿承受下来了——让那些“古老的鬼魂”压在肩膀上还不觉得气闷的沉重，想不到有挺一挺脊梁摆脱它的必要，这不是更糟糕吗？

就是形式，鲁迅先生也不主张向古文学习。在同一篇文章里，他说：“以文字论，就更不必在旧书里讨生活，却将活人的唇舌作为源泉，使文章更加接近语言，更加有生气。”他认为自己的文章还须要改革。他说：“我以为我倘十分努力，大概也还能够博采口语，来改革我的文章。但因为懒而且忙，至今没有做。我常疑心这和读了古书很有些关系，因为我觉得古人写在书上的可恶思想，我的心里也常有，能否忽而奋勉，是毫无把握的。我常常诅咒我的这思想，也希望不再见于后来的青年。”鲁迅先生又这样不留情面地解剖自己，因为看到了自己的弱点而殷切地寄希望于青年。这种诚恳的态度实在使人感动。

鲁迅先生这篇文章写在五十四年前。在同时代的人中间，鲁迅先生的确比别人敏感。有许多事，别人才有一点儿朦胧的感觉，他已经想到了，并且想得比别人深。因而在遇到某一件事的时候——譬如在听见有人主张用读古文的办法来提高中学生的语文水平的时候。我又不免想起，要是鲁迅先生现在还活着，不知道他将说些什么。

1980年11月27日

驱遣我们的想象

在原始社会里，文字还没有创造出来，却先有了歌谣一类的东西。这也就是文艺。

文字创造出来以后，人就用它把所见所闻所感所想的一切记录下来。一首歌谣，不但口头唱，还要刻呀，漆呀，把它保留在什么东西上（指使用纸和笔以前的时代而言）。这样，文艺和文字就并了家。

后来纸和笔普遍地使用了，而且发明了印刷术。凡是需要记录下来的东西，要多少份就可以有多少份。于是所谓文艺，从外表说，就是一篇稿子一部书，就是许多文字的集合体。

当然，现在还有许多文盲在唱着未经文字记录的歌谣，像原始社会里的人一样。这些歌谣只要记录下来，就是文字的集合体了。文艺的门类很多，不止歌谣一种。古今属于各种门类的文艺，我们所接触到的，可以说，没有一种不是文字的集合体。

文字是一道桥梁。这边的桥堍站着读者，那边的桥堍站着作者。通过了这一道桥梁，读者才和作者会面。不但会面，并且了解作者的心情，和作者的心情相契合。

先就作者的方面说。文艺的创作决不是随便取许多文字来集合在一起。作者着手创作，必然对于人生先有所见，先有所感。他把这些所见所感写出来，不作抽象的分析，而作具体的描写，不作刻板的记载，而作想象的安排。他准备写的不是普通的论说文、记叙文；他准备写的是文艺。他动手写，不但选择那些最适当的文字，让它们集合起来，还要审查那些写下来的文字，看有没有应当修改或是增减的。总之，作者想做到的是：写下来的文字正好传达出他的所见所感。

现在就读者的方面说。读者看到的是写在纸面或者印在纸面的文字，但是看到文字并不是他们的目的。他们要通过文字去接触作者的所见所感。

如果不识文字，那自然不必说了。即使识了文字，如果仅能按照字面解释，也接触不到作者的所见所感。王维的一首诗中有这样两句：

> 大漠孤烟直，长河落日圆。

大家认为是佳句。如果单就字面解释，大漠上一缕孤烟是笔直的。长河背后一轮落日是圆圆的，这有什么意思呢？或者再提出疑问：大漠上也许有几处地方聚集着人，难道不会有几缕的炊烟吗？假使起了风，烟就不曲折了吗？落日固然是圆的，难道朝阳就不圆吗？这样地提问，似乎是在研究，在考察，可是也领会不到这两句诗的意思。要领会这两句诗，得睁开眼睛来看。看到的只是十个文字呀。不错，我该说得清楚一点：在想象中睁开眼睛来，看这十个文字所构成的一幅图画。这幅图画简单得很，景物只选四样，大漠、长河、孤烟、落日，传出北方旷远荒凉的印象。给“孤烟”加上个“直”字，见得没有一丝的风，当然也没有风声，于是更来了个静寂的印象。给“落日”加上个“圆”字，并不是说唯有“落日”才

“圆”，而是说“落日”挂在地平线上的时候才见得“圆”。圆圆的一轮“落日”不声不响地衬托在“长河”的背后，这又是多么静寂的境界啊！一个“直”，一个“圆”，在图画方面说起来，都是简单的线条，和那旷远荒凉的大漠、长河、孤烟、落日正相配合，构成通体的一致。

像这样驱遣着想象来看，这一幅图画就显现在眼前了。同时也就接触了作者的意境。读者也许是到过北方的，本来觉得北方的景物旷远、荒凉、静寂，使人怅然凝望。现在读到这两句，领会着作者的意境，宛如听一个朋友说着自己也正要说的话，这是一种愉快。读者也许不曾到过北方，不知道北方的景物是怎样的。现在读到这两句，领会着作者的意境，想象中的眼界就因而扩大了，并且想想这意境多美，这也是一种愉快。假如死盯着文字而不能从文字看出一幅图画来，就感受不到这种愉快了。

上面说的不过是一个例子。这并不是说要将所有文艺作品都看作一幅图画，才能够鉴赏。这一点必须弄清楚。

再来看另一些诗句。这是从高尔基的《海燕》里摘录出来的：

> 白蒙蒙的海面上，风在收集着阴云。在阴云和海的中间，得意扬扬地掠过了海燕……
>
> 海鸥在暴风雨前头哼着——哼着，在海面上窜着，愿意把自己对于暴风雨的恐惧藏到海底里去。潜水鸟也在哼着。它们这些潜水鸟，够不上享受生活的战斗的快乐！轰击的雷声就把它们吓坏了。
>
> 蠢笨的企鹅，畏缩地在崖岸底下躲藏着肥胖的身体……
>
> 只有高傲的海燕，勇敢地，自由自在地，在泛着白沫的海面上飞掠着。暴风雨！暴风雨快要爆发了！

勇猛的海燕，在闪电中间，在怒吼的海上，得意扬扬地飞掠着，这胜利的预言者叫了：

让暴风雨来得厉害些吧！

如果单就字面解释，这些诗句说了一些鸟儿在暴风雨之前各自不同的情况，这有什么意思呢？或者进一步追问：当暴风雨将要到来的时候，人忧惧着生产方面的损失以及人事方面的阻碍，不是更要感到不安吗？为什么抛开了人不说，却去说一些无关紧要的鸟儿？这样地问着，似乎是在研究，在考察，可是也领会不到这首诗的意思。

要领会这首诗，得在想象中生出一对翅膀来，而且展开这对翅膀。跟着海燕“在闪电中间，在怒吼的海上，得意扬扬地飞掠着”。这当儿，就仿佛看见了聚集的阴云、耀眼的闪电以及汹涌的波浪，就仿佛听见了震耳的雷声、怒号的海啸。同时仿佛体会到，一场暴风雨之后，天地将被洗刷得格外清明，那时候在那格外清明的天地之间飞翔，是一种无可比拟的舒适愉快。“暴风雨有什么可怕呢？迎上前去吧！叫暴风雨快些来吧！让格外清明的天地快些出现吧！”这样的心情自然萌生出来了。回头来看看海鸥、潜水鸟、企鹅那些东西，它们苟安，怕事，只想躲避暴风雨，无异于不愿看见格外清明的天地。于是禁不住激昂地叫道：“让暴风雨来得厉害些吧！”

像这样驱遣着想象来看，这才接触到作者的意境。那意境是什么呢？就是不避“生活的战斗”。唯有迎上前去，才够得上“享受生活的战斗的快乐”。读者也许是海鸥、潜水鸟、企鹅似的人物，现在接触到作者的意境，感到海燕的快乐，因而改取海燕的态度，这是一种受用。读者也许本来就是海燕似的人物，现在接触到作者的意境，仿佛听见同伴的高兴的歌唱，因而把自己的态度把握得更坚定，这也是一种受用。假如死盯着文字而不能从文字领会作者的意境，就无从得到这种受用了。

我们鉴赏文艺，最大目的无非是接受美感的经验，得到人生的受用。要达到这个目的，不能够拘泥于文字。必须驱遣我们的想象，才能够通过文字，达到这个目的。

1937 年 1 月